Bons baisers d'Angleterre

Edmond de Roquebrun

Isbn / 9782957104529

Changer de vie. Qui n'en a jamais rêvé. Partir pour découvrir le monde.
Explorer de nouveaux horizons et se découvrir soi-même. Beaucoup l'on fait, et
ont vu leur destin basculer dans la réussite ou l'accomplissement de quelque
chose de beau.

Chapitre 1 / Le défit

Avril 2014.

Tout aller pourtant bien pour moi. Je vivais dans une famille unie, je poursuivais mes études à l'université de Kharkiv avec succès, et j'avais les deux meilleurs amis du monde. Mais à dix-neuf ans, tant que l'on n'a pas vraiment vécu, on passe beaucoup de temps à imaginer sa vie future, à rêver à d'autres horizons et à fantasmer un quotidien plus fun que celui dans lequel on est ancré.

Ivanna RYBAK observait le coucher de soleil depuis la fenêtre de sa chambre, rêvant de franchir l'horizon lointain, et partir à la découverte d'autres pays, d'autres cultures. Il faut dire que dans la ville de Kharkiv, la vie était loin d'être paradisiaque. L'ancienne capitale de la République socialiste soviétique d'Ukraine, ne faisait pas vraiment rêver la jeune fille de 19 ans.

Cette jolie blonde aux yeux bleu émeraude, au physique très avantageux, faisait des études d'anglais à la faculté de Kharkiv, et aimerait tant pouvoir les terminer à Londres, ville dont elle admirait les photos sur le net et se repassait régulièrement ses reportages favoris, sur l'ordinateur familial.

Mais Ivanna se doutait bien que tous ses rêves, risquaient fort de ne jamais se réaliser, comme lui rappelait si souvent ses parents, Bohdan et Oxana, qui ne pouvaient pas se permettre financièrement de l'envoyer en Angleterre.

Et si elle se débrouillait seule, si elle parvenait à trouver le moyen de partir sans avoir besoin d'imposer cette source de dépenses à ses parents. Si en tant qu'ainée de la famille, elle pouvait montrer l'exemple à son frère Pavlo, et à ses deux petites sœurs Mikayla et Luba, juste pour ne pas les empêcher de rêver à leur tour.

Si moi, je ne le faisais pas, je me sentirais responsable, au risque qu'eux aussi ne se contentent de ne pas aller plus loin que l'horizon de Kharkiv, songeait-t-elle chaque jour.

Tous les après-midis, après la fin des cours, elle se rendait à la salle d'études de la faculté, avec ses amis Yuriy et Klara, à qui elle se confiait sur ses envies d'ailleurs, tout en surfant sur les ordinateurs de la médiathèque.

Yuriy qui semblait être secrètement amoureux d'Ivanna, sursauta lorsqu'il surprit son amie en train de consulter le site ukrainedate.com, un site dédié aux rencontres de célibataires du monde entier.

- C'est la seule solution à laquelle tu penses, lui lança-t-il, d'un air inquiet.

- Mais non ! Je suis tombée sur ce site en faisant mes recherches pour continuer mes études à Londres !
- Oui, et bien tu me rassures, je t'avoue que j'ai eu un peu peur.

Ivanna se déconnecta aussitôt du site, même si elle venait consciemment de mentir à Yuriy, pour ne pas le décevoir. L'image de toutes ses filles de l'est qui étaient prêtes à se marier avec un homme aisé dans un autre pays, était loin de correspondre aux concessions qu'elle était prête à faire pour atteindre son but dans la vie.

Je ne sais absolument pas, d'où m'est venue cette passion pour l'Angleterre ! Peut-être à force de regarder des séries anglosaxonnes, ou de lire des magasines qui affichent des photos magnifiques de la ville.

Au même moment, en Angleterre

Dans le quartier de Hammersmith, Connor et Tracy Anderson venaient de s'installer dans leur nouvelle maison, avec leur fils de trois ans, Brian.

Ce couple de trentenaires profitaient de leur réussite professionnelle et de leur nouvelle acquisition immobilière, très heureux d'offrir à leur fils unique, un nouvel espace de vie avec un grand jardin, dans lequel il pourrait jouer en toute sécurité.

Il faut dire que pour s'offrir cette grande maison de type victorienne, entourée d'un grand parc arboré, Connor travaillait sept jours sur sept dans le restaurant qu'il avait acquis il y a dix ans sur King Street, l'une des artères principales du quartier, et dans lequel il officiait en tant que Chef de cuisine.

De son côté, Tracy était loin de se contenter de jouer la femme au foyer. Directrice d'un magazine de mode « Fashion Life », elle ne comptait pas ses heures, et ramenait très souvent du travail à la maison, ce qui ne lui laissait que très peu de temps pour s'occuper de Brian, qui aurait bien besoin d'un peu plus d'attention.

Même si elle avait conscience qu'elle n'avait pas beaucoup de temps à accorder à son fils, Tracy ne cessait de travailler au corps, son mari, pour qu'ils donnent à Brian, un petit frère ou une petite sœur.

Cet ancien mannequin, blonde aux yeux clairs et à la plastique parfaite, n'avait pas résisté au charme ravageur de Connor, quelques années plus tôt. Après plusieurs mois de relation, elle avait décidé d'abandonner sa carrière de mannequin pour se reconvertir et se consacrer à leur couple, et à la future famille qu'ils envisageaient de fonder.

Quelques jours plus tard, alors qu'elle quittait la maison pour emmener Brian à l'école, Tracy croisa une jeune fille entourée de deux bambins, qui la salua poliment.

- Bonjour madame ! Je vous souhaite la bienvenue dans le quartier, lui dit la jeune fille, affichant un large sourire, et laissant entendre un accent que Tracy ne parvint pas à définir.

- Bonjour mademoiselle, je vous remercie c'est très gentil à vous. Nous sommes voisines si je comprends bien ?

- Oui tout à fait, je suis Carolina, la jeune fille au pair de vos voisins, les GUENING !

- Et-bien enchantée Carolina, je suis Tracy Anderson, et voici mon fils Brian. Je suppose que nous serons amenées à nous revoir alors !

- Avec plaisir madame, je vous souhaite une bonne journée, je dois emmener les enfants à l'école.

- Merci, bonne journée à vous aussi, à bientôt.

Toute la journée, Tracy n'eut de cesse de penser à Carolina, qui non seulement lui avait fait très bonne impression, mais avait aussi provoqué une nouvelle réflexion, qui l'obsèdera jusqu'au soir, jusqu'à ce que Connor la rejoigne au lit, après une grosse journée au restaurant.

-Bonsoir chérie, tu ne dors pas ?

-Non, je t'attendais.

-Ha !! C'est l'envie de ton homme, ou quelque chose qui te préoccupe ?

-Ho toi alors !! Et-bien disons un peu des deux !

-Commençons déjà par ce qui te préoccupe dans ce cas, lui proposa Connor.

-J'ai croisé la jeune fille au pair de nos voisins ce matin.

-D'accord, et qu'est-ce que cette jeune fille a de si préoccupant ?

-Elle rien, au contraire ! Elle est venue me saluer spontanément pour me souhaiter la bienvenue dans le quartier.

-C'est plutôt une jolie intention, pourquoi es-tu si étonnée ?

-Ça n'est pas le fait qu'elle m'ait salué, c'est qu'elle a suscité ma curiosité, et j'y ai pensé toute la journée.

Je t'avoue que je ne vois pas trop où tu veux en venir chérie !

-Je me disais pourquoi pas nous ? Pourquoi on ne prendrait pas nous aussi, une jeune fille au pair pour m'aider à la maison, et s'occuper de Brian ?

-Je ne sais pas ! C'est vrai que ça pourrait être une solution pour te soulager un peu !

-C'est vrai ? Tu serais d'accord ?

-On peut y réfléchir et en reparler à tête reposée, tout à fait.

-Ok ! Et maintenant j'ai bien envie de mon homme !

Tracy venait d'ouvrir la possibilité d'accueillir une jeune fille au pair, et se sentait rassurée que Connor n'y soit pas opposé.

Connor enlaça sa femme qui semblait fort disposée à s'offrir à lui, après cette petite discussion. Tracy ne résistait jamais au charme naturel de son mari, ce corps svelte et musclé qu'elle idolâtrait depuis leurs premiers ébats. En plus d'être un homme travailleur et responsable, c'était aussi un amant formidable, même si leur rythme de vie les privait souvent de moments comme ce soir-là, aux grands regrets des deux amants.

Le lendemain, à Kharkiv

Ivanna attendait Yuriy et Klara, assise sur les marches de la Fac, et c'est Klara qui la rejoint la première.

- Salut ma belle, je rêve ! Depuis quand tu fumes ? lui demanda-t-elle, surprise de surprendre Ivanna une cigarette à la main.

- Je ne fume pas, je crapote ! Et tu ne dis rien à mes parents ! Mon père me tuerait s'il savait ça.

- T'inquiète, file-moi plutôt une taffe, lui répondit Klara, qui fumait elle aussi en cachette, dès qu'elle en avait l'occasion.

- Ha mais je rêve, t'es grave toi ! Je pensais que tu me faisais la morale, s'exclama Ivanna, en tendant sa cigarette à son amie.

- Pouhaaa !! Tu fumes des menthols ? Quelle horreur, t'as raison, contente-toi de crapoter.

Les filles qui débutaient cette nouvelle journée sur un éclat de rire, observaient Yuriy qui arrivait tranquillement au loin, sur son vélo.

- Il est quand même craquant notre pote, tu n'trouves pas ? lança Klara en regardant le beau brun qui se rapprochait.

- Arrête ! Je sais exactement où tu veux en venir ! Pour moi c'est mon meilleur ami, et ça restera comme ça.

- Ho la bêcheuse ! Tu sais bien que lui aimerait être un peu plus que ton meilleur ami.

- Le sujet est clos ! Tais-toi, le voilà.

Klara avait raison ! Il y a bien longtemps que j'avais remarqué la façon qu'avait Yuriy de me regarder. J'au aussi pensé pendant une certaine période, que j'avais des sentiments pour lui, mais j'avais peur de perdre cette amitié qui nous liait tous les trois depuis l'école primaire. Et un petit quelque chose en moi, m'indiquait que je ne devais pas briser cela.

Les trois amis réunis pour la journée, prirent aussitôt la direction de leur premier cours de la journée.

En ce début avril, le printemps honorait les jolis parcs et espaces verts de la ville, et les trois amis aimaient s'y rendre régulièrement pour y prendre leur pause déjeuner, bien plus agréable que de se coltiner les plats immangeables du restaurant de la Fac.

Dix-neuf degrés, un joli soleil, que demander de plus pour s'accorder un petit pique-nique sur la pelouse du parc voisin.

Cette période de l'année, était aussi un moment important pour les trois étudiants, qui devaient commencer à faire des choix pour la poursuite de leurs études, en septembre.

Yuriy qui se passionnait pour l'écriture depuis son enfance, aimerait pouvoir intégrer une faculté de littérature, et dans l'idéal, partir un an ou deux à la Sorbonne à Paris, mais il ne parvenait pas à se motiver à partir si longtemps loin de ses amis, et de son environnement qu'il affectionnait tant.

- Non mais toi, je ne vois vraiment pas ce qui te retient, lui dit Ivanna. Tes parents ont les moyens, et seraient ravis que tu partes étudier en France, et toi tu joues les indécis. Moi je rêve de partir à Londres, et mes parents ne peuvent pas m'y envoyer, faute d'argent, c'est-pas juste !

- Je sais, tu veux qu'on échange nos familles, rétorqua Yuriy d'un ton un peu taquin.

- Mais non, tu as très bien compris ce que je voulais dire !

- Puisque l'on parle de partir, et de la France, moi j'ai peut-être trouvé un filon, annonça subitement Klara à ses deux compères.

- Ah oui ? Et depuis quand tu souhaites partir en France toi, dit Yuriy, complétement surpris par cette annonce.

- Depuis que ma cousine est partie comme jeune fille au pair, l'année dernière ! Elle aura bientôt terminé son année dans la famille qui l'accueille, et il semblerait qu'elle recherche déjà une remplaçante à ma cousine.

- T'es en train de nous dire que la remplaçante en question, pourrait être… toi ?

- Je vous avoue que j'y pense de plus en plus ! Une année à Paris, si je ne saute pas sur l'occasion, je pourrais le regretter toute ma vie. Qu'est-ce que vous en pensez ?

- A ta place, je fonce direct, répondit Ivanna.

- Tu vas sûrement beaucoup nous manquer, dit Yuriy, mais ne réfléchis pas trop à ça, et je suis d'accord avec Iva, fonce !

Klara qui craignait de passer pour une lâcheuse auprès de ses amis, adopta un large sourire et les enlaça affectueusement.

Ivanna ne comprenait pas pourquoi elle n'avait pas envisagé cette solution plus tôt. Si Klara parvenait à partir pour Paris en tant que jeune fille au pair, pourquoi ne pourrait-elle pas en faire autant pour partir à Londres. Mais avant de s'engager dans cette démarche, elle ferait mieux de se renseigner, et si les conditions lui semblent bonnes, il faudrait encore convaincre ses parents de la laisser partir.

Et elle ne tarda pas à se mettre à la recherche des informations qu'elle souhaitait, et comme chaque fin d'après-midi, elle rejoint la médiathèque pour consulter les sites dédiés au placement des jeunes filles au pair, en Angleterre.

Yuriy, était rentré directement après les cours, pour son entrainement de volley-ball, et c'est donc en compagnie de Klara, qu'Ivanna effectuait ses premières recherches.

Son amie lui proposa directement de consulter le site internet de l'agence qui avait mis sa cousine en relation avec la famille parisienne un an plus tôt, et à leur grande surprise, cette agence proposait des accompagnements dans toute l'Europe. Ivanna découvrit, les yeux émerveillés, les annonces de familles anglaises à la recherche d'une jeune fille au pair.

Les deux amies s'attardèrent également sur les commentaires et les témoignages des jeunes filles étrangères ayant fait l'expérience de partir un an loin de chez elles, ainsi que les témoignages des familles d'accueil.

- Y'a pas à dire, ce site à l'air d'être sérieux, et les commentaires sont plutôt encourageant, commenta Klara.

- Oui, c'est clair que ça donne envie, continua de s'émerveiller Ivanna.

- Comment faire pour en parler à mes parents ? Je ne suis pas certaine qu'ils acceptent de me laisser partir un an chez des inconnus !

- Tu sais ce que l'on dit ma vieille ! Quand on pose une question, on a en général qu'une seule réponse…

- T'as raison, je leur en parle ce soir, on verra bien ce qu'ils en disent.

Au cours du diner chez les Rybak, les échanges sur la journée de chacun étaient importants. Les parents d'Ivanna qui étaient loin d'être des parents stricts, ne toléraient cependant aucuns éléments perturbateurs au cours du repas. Pas de télévision allumée, pas de téléphones portables, juste un moment privilégié et de partage entre les six membres de la famille.

Ivanna allait devoir aborder le sujet de son expatriation pour un an en Angleterre, et elle se lança :

- Klara va peut-être partir à Paris comme jeune fille au pair en septembre !

- Ah oui, dit Oxana, un peu surprise. Et ses parents sont d'accord ?

- A priori oui, sa cousine y est en ce moment, et tout semble bien se passer. Ses parents sont passés par une agence spécialisée, qui a très bonne réputation.

- Ils ne sont pas plus aisés que nous, rétorque Bohdan, je ne vois pas comment ils vont pouvoir financer son voyage !

- Ils n'auront rien à dépenser du tout ! C'est la famille d'accueil qui lui paie le billet d'avion, et en plus d'être nourrie-logée, elle va recevoir un petit salaire.

- Je pensais que c'était une façon de masquer l'exploitation des jeunes filles étrangères, ce genre de truc, reprit la maman d'Ivanna.

- Mais maman, il faut-pas croire tout ce qui se dit à ce sujet ! Tout est contrôlé par l'agence, avec un suivi de l'intégration des jeunes filles au pair.

- Pourquoi pas ! Si ça peut permettre à Karla d'étudier le français dans de bonnes conditions, sans mettre la main au porte-monnaie.

- Ce serait cool que je puisse faire la même chose pour poursuivre mes études à Londres !

Un ange passa. Les parents d'Ivanna se regardèrent un peu surpris de ce que venait de lâcher leur fille, tout en finesse.

- Et tu penses que tu pourrais supporter de partir aussi longtemps loin de nous ?

- C'est sûr qu'un an c'est long, mais c'est-pas grand-chose dans toute une vie, et si ça peut me permettre de perfectionner mon anglais et que ça m'ouvre des portes pour le futur, pourquoi-pas !!

- Tu nous prends un peu de cours là ma chérie, répond Oxana, en s'étranglant légèrement à l'écoute des arguments d'Ivanna. Je te promets que l'on va y réfléchir, et si c'est ce que tu souhaites, sans que l'on ait à financer, tu auras notre accord, n'est-ce pas chéri ?

- Oui, on va y penser, et nous déciderons ensemble, concluait Bohdan.

Ivanna rejoint sa chambre, satisfaite d'avoir réussi à aborder le sujet avec ses parents sans les braquer. Elle envoya un message groupé à Yuriy et Klara, pour leur dire « ça y'est c'est fait, je leur en ai parlé ».

Ce qu'ignorait encore la jeune fille, et que ses parents n'avaient pas osé lui dire, c'est que son père allait dans quelques semaines, perdre son emploi. L'usine dans laquelle il travaillait depuis vingt ans allait fermer.

C'est vrai que si j'avais été au courant que mon père allait se retrouver au chômage, j'aurai sans doute chassé cette envie de partir en Angleterre, et que j'aurai aussitôt arrêté mes recherches.

Le lendemain, à Londres

Il était 10h dans le quartier de Hammersmith. En ce samedi matin, Tracy Anderson prenait son petit déjeuner en solo, Connor étant déjà parti pour le restaurant. Brian dormait encore, alors elle profita de ce petit moment de calme pour consulter les annonces de jeunes filles au pair. Mais son fils vint interrompre sa petite quiétude, debout dans l'escalier, son doudou préféré dans les bras.

Elle stoppa sa connexion, et attendra la sieste de l'après-midi pour reprendre la consultation des différents sites spécialisés.

Le temps de donner son petit déjeuner à Brian, de le mettre devant un dessin animé, et il était déjà 11h quand quelqu'un sonna à la porte d'entrée.

- Bonjour ! Carolina c'est bien ça ?

- Oui, bonjour madame Anderson.

- Que puis-je faire pour vous ?

- Je viens de la part de madame GUENING, elle souhaiterait vous inviter à prendre le thé cet après-midi.

- D'accord, vous pouvez lui dire que je viendrais avec plaisir.

- 16h ?

- Parfait, 16h, à tout à l'heure, merci Carolina.

- La maison des GUENING, c'est le numéro 14, celle avec les volets gris.

- D'accord merci.

Tracy, qui n'avait pas forcément prévu de bouger aujourd'hui, voyait dans cette invitation, l'occasion de faire connaissance avec ses voisins, et peut-être aurait-elle plus d'informations sur l'agence qui leur avait proposé les services de Carolina.

Pendant que Tracy gérait la maison et prenait soin de son fils, Connor assurait un nouveau service au restaurant, un service très speed, puisque l'établissement affichait complet pour ce samedi midi.

Depuis quelques jours, un homme d'origine africaine, tournait autour du restaurant, ramassant papiers et mégots de cigarettes, jusqu'à même parfois, prendre un sac plastique pour ramasser les crottes de chiens de propriétaires négligents. Alors ce jour-là, en sortant de son restaurant après son service, Connor décida d'interpeller l'homme en question.

- Bonjour ! Je suis le propriétaire du restaurant, et cela fait quelques jours que je vous aperçois, pourquoi faites-vous tout ça ?

- Bonjour monsieur, moi c'est Siméon !

- Oui, pardon, moi je suis Connor.

- J'habite juste en face de votre restaurant, et je trouve que les gens ne respectent plus rien. Il y a des poubelles partout, et ils jettent tout ce qu'ils peuvent à deux pas des poubelles, c'est fou non ?

- Oui, vous avez raison, c'est même totalement fou. Mais vous n'êtes pas obligé de faire ça.

- Non, c'est vrai je n'y suis pas obligé, mais je le fais pour le bien de tous, et il faut dire que je n'ai pas grand-chose d'autre à faire, ironise Siméon.

- Vous ne travaillez pas ? lui demanda Connor

- Si seulement je pouvais ! Mais j'ai déjà la chance d'être en vie, ce n'est déjà pas si mal.

- Pourquoi dites-vous ça ?

- Ho je ne veux pas vous ennuyer avec mes petits soucis Connor, vous avez certainement une famille qui vous attend !

- Oui, mais ça me fait plaisir de discuter avec vous. J'ai une femme et un fils qui m'attendent à la maison, et vous ?

- Hélas, je n'ai plus cette chance, mais la vie est ainsi faite, et je dois l'accepter.

Connor sentit bien que cet homme d'une cinquantaine d'années, ne souhaitait pas en dire plus sur sa vie. Ce serait peut-être pour plus tard. Il salua celui qui jouait le bienfaiteur devant son restaurant, et prit la direction de sa maison d'Hammersmith.

Lorsque Connor arriva chez lui pour sa pause de l'après-midi, Tracy s'était apprêtée comme lors de la sortie d'un évènement.

- Tu es bien jolie ma chérie, on fête une occasion particulière ?

- Nous sommes invités à prendre le thé chez nos voisins, les GUENING !

- C'est plutôt sympathique ! Tu comptais sur moi pour t'accompagner ou… ?

- J'aurais bien aimé, mais je sais qu'il est déjà 15h30 et que tu as besoin de faire ta sieste avant de repartir au restaurant, alors je ne t'en voudrais pas si tu me laisses y aller seule.

- C'est vrai qu'après le service de ce midi, et celui de ce soir qui s'annonce aussi intense, j'aurais bien besoin d'un petit break !

- Ne t'inquiète pas, nous aurons d'autres occasions, je t'excuserais auprès de nos voisins.

- T'es un amour, merci chérie.

Connor prit donc la direction du canapé du salon, où il aimait faire sa sieste, juste après avoir embrassé sa femme et son fils.

Tracy n'avait que quelques pas à faire pour se rendre chez les GUENING. Elle termina d'habiller Brian, puis quitta la maison pour aller prendre l'Afternoon tea, chez ses nouveaux voisins.

C'est Sarah, alias madame GUENING qui se présenta à la porte pour l'accueillir.

-   Madame Anderson ! Bonjour, je suis Sarah GUENING, je vous en prie, entrez !

Tracy suivit son hôte jusqu'à la véranda, et découvrit une maison joliment décorée, un mélange british et de décoration contemporaine. Après avoir complimenté Sarah sur ses goûts en matière de déco d'intérieur, Tracy apprit que cette dernière en avait fait son métier depuis plusieurs années.

-   Nous ne sommes que toutes les deux ? demanda Tracy.

-   Carolina, que vous avez déjà rencontré, va nous rejoindre dans un instant, elle termine de donner leur gouter aux enfants. Et je suppose que ce jeune homme est votre fils, il va pouvoir jouer avec mes garçons, ils ont déjà cinq ans, mais je suis certaine qu'ils vont s'entendre à merveille !

-   Oui, je vous présente Brian, mon fils unique. Il fait un peu le timide, mais il sort à peine de sa sieste, ça ira mieux d'ici quelques minutes. Mon mari vous prie de bien vouloir l'excuser, mais il a beaucoup de travail au restaurant aujourd'hui, et il n'a pas pu se joindre à moi.

-   Je comprends, rassurez-vous, ce sera pour une prochaine fois !

-   Votre mari aussi travaille le samedi ?

-   Non, je suis veuve depuis deux ans, mon mari Edward, est décédé suite-à une longue maladie.

-   Ho, toutes mes excuses, je suis confuse, répondit Tracy, d'une voix surprise.

-   Ne le soyez pas, vous ne pouviez pas savoir.

Carolina, la jeune fille au pair de Sarah, arriva toutes souriante, accompagnée de Jason et Archie, les jumeaux de cinq ans.

Brian qui jusque-là, jouait un peu le timide, partit très-très vite rejoindre ses nouveaux camarades de jeux, laissant les trois femmes à leurs conversations.

Sarah GUENING raconta un peu son histoire, jusqu'à la terrible perte de son mari, et ce qui l'avait amené à faire appel aux services d'une jeune fille au pair.

Tracy apprit donc que Carolina était hollandaise, et que lorsqu'elle ne s'occupait pas des deux jeunes garçons, elle suivait des cours de stylisme, dans une des écoles spécialisées de la capitale. Elles eurent d'ailleurs vite fait toutes les deux de trouver des sujets de conversation, une fois que Tracy, lui expliqua ce qu'elle faisait dans la vie.

- Avec mon mari Connor, nous envisageons, nous aussi de prendre une jeune fille au pair, pour m'aider à élever Brian. Nous sommes très pris par nos emplois respectifs, et j'avoue qu'avoir une jeune fille à la maison, me serait d'une grande aide. J'ai déjà commencé à consulter certains sites sur le net, mais il y en a tellement que je m'y perds un peu.

- Si vous le souhaitez, je peux vous donner les coordonnées de l'agence qui m'a recommandé Carolina ! C'est une agence très sérieuse, c'est déjà la deuxième fois que je fais appel à elle.

- Et-bien oui, je veux bien, pourquoi-pas !

Il était déjà 18h30, lorsque Tracy repartit de chez Sarah GUENING, avec les coordonnées de l'agence « Hosts International », l'agence de placement de jeunes filles au pair. En rentrant chez elle avec Brian, Connor était déjà reparti pour le restaurant pour le service du soir. Un petit mot l'attendait sur le comptoir de la cuisine : « Je repars travailler, hâte de vous retrouver ce soir, je vous aime ».

Le soir même, à Kharkiv

Ivanna, Klara et Yuriy, se préparaient à sortir tous les trois, comme tous les samedis soir pour aller prendre un verre dans leur bar préféré.

Yuriy repensait encore à leur conversation de la veille, et s'imaginait se retrouver seul à sortir sans ses amies Ivanna et Klara. Entre l'une qui pensait fortement partir pour Paris, et la seconde qui risquait bien de lui emboiter le pas et partir pour Londres, le jeune homme était d'humeur un peu nostalgique ce soir-là.

Et Klara n'allait pas vraiment lui remonter le moral, à peine assis autour du premier verre de la soirée.

- Bon ça y'est ! J'ai officiellement postulé pour remplacer ma cousine dans sa famille d'accueil, à partir du mois de septembre !

- Trop cool, s'excite Ivanna à l'annonce de cette bonne nouvelle.

- Oui, trop cool, dit Yuriy, d'un ton beaucoup moins enjoué.

- Moi j'ai enfin réussi à aborder l'hypothèse de partir à Londres, avec mes parents. Ils ne m'ont pas dit non, mais ce n'est pas encore un oui non plus ! Ils m'ont promis d'y réfléchir avant de me donner leur réponse. Alors trinquons déjà à Klara et à son départ pour Paris. On croise les doigts pour toi ma belle.

La soirée allait se poursuivre dans la bonne humeur. Yuriy mit finalement sa nostalgie de côté, bien décidé à profiter de cette soirée avec ses deux meilleures amies.

Sortir le samedi soir, dans la famille RYBAK, ne signifiait pas d'éviter la messe du dimanche matin. Ivanna qui s'était couchée à trois heures du matin le savait parfaitement, et lorsque sa mère vint la réveiller pour prendre le petit déjeuner à huit heures, la jeune fille ne négocia pas une minute de sommeil supplémentaire.

Une fois les deux pieds posés au sol, quelques étirements, puis une bonne douche, elle rejoint le reste de la famille dans la cuisine. Chacun ayant sa place dédiée à la table familiale, Ivanna marqua un temps d'arrêt avant de s'assoir. Une petite enveloppe blanche à son nom était déposée juste devant son verre de jus d'orange. Elle regarda ses parents, l'air un peu surpris :

- Qu'est-ce que c'est ? Ce n'est pas mon anniversaire !

- Assieds-toi et ouvre, tu verras bien, lui réponds Bohdan, avec un petit sourire.

Ivanna s'exécuta, se demandant ce que pouvait bien contenir cette mystérieuse enveloppe.

Après l'avoir ouverte et déplié le petit mot qu'elle contenait, Ivanna resta bouche bée, et laissa aller une petite larme sur sa joue.

- C'est vrai ? Vous êtes d'accord ?

- Oui ma chérie, nous sommes d'accord ! lui réponds Oxana. Mais nous tenons à vérifier que tu partes dans de bonnes conditions, et si nous avons le moindre doute ou la moindre crainte, on annule toutes les démarches ! D'accord ?

- Oui, je suis d'accord, vous êtes formidables !

Ivanna ne pensait pas que ses parents prendraient le temps de réfléchir à sa requête de partir pour l'Angleterre. Elle relut le petit mot de ses parents pour s'assurer qu'elle ne rêvait pas :

Chérie,

Tu vas pouvoir vivre ton rêve, avec toute notre bénédiction.

Il faudra être prudente, et nous donner des nouvelles.

En route pour l'Angleterre.

Tes parents qui t'aiment.

Elle allait enfin pouvoir envisager un autre avenir que celui qui l'attendait ici, à Kharkiv.

Même si cette nouvelle l'enthousiasmait grandement, Ivanna décida de ne pas s'emballer et de la garder pour elle pour l'instant. Elle repensait encore au regard attristé de Yuriy la veille au soir, lorsque Klara avait annoncé son potentiel départ pour Paris. Inutile donc d'enfoncer davantage le clou, tant que rien n'était sûr la concernant.

Une fois la messe du dimanche matin passée, et le repas dominical terminé, Ivanna et sa mère commencèrent leurs démarches sur internet, à la recherche de la meilleure opportunité pour l'ainée de la famille.

- Peut-être que l'on pourrait appeler les parents de Klara, pour qu'ils nous donnent les coordonnées de l'agence qui a placé sa cousine. Nous avions consulté leur site avec Klara à la médiathèque, mais j'ai oublié le nom de l'agence. Je suppose qu'ils passeront par elle, pour que Klara prenne sa place ! Tu ne crois pas maman ?

- Oui, tu as raison, c'est une bonne idée, je dois avoir leur numéro dans mon agenda.

Oxana contacta aussitôt la mère de Klara, qui lui confirma le nom de l'agence de placement, et l'adresse du site internet pour qu'elle puisse inscrire sa fille et lui créer son profil. Restait maintenant à trouver la bonne famille d'accueil pour convaincre définitivement les parents d'Ivanna de la laisser partir au pays de Shakespeare.

J'ai toujours été très chanceuse d'avoir des parents aussi aimants. Je ne me souviens même pas que l'un ou l'autre ne m'ait jamais giflé. A chaque problème, à chaque doute, tout s'est toujours réglé dans le dialogue, autour de la table de la cuisine.

Le lundi à Hammersmith

Le week-end qui venait de s'achever, était semblable à tous les précédents. Connor était reparti pour le restaurant, et Tracy était en chemin pour les bureaux de son magazine, après avoir déposé Brian à l'école du quartier. Tracy qui aimait par-dessus tout son travail, savait très bien le temps que celui-ci occupait dans sa vie, au détriment de sa vie de mère, mais aussi d'épouse.

Elle aimerait tant pouvoir trouver l'équilibre idéal entre tout ça ! L'idée d'accueillir une jeune fille au pair chez eux continuait de faire son chemin dans son esprit, et elle était bien décidée à ce que Connor se décide lui aussi à envisager la chose. Maintenant qu'elle avait en sa possession les coordonnées d'une agence sérieuse, elle avait un nouvel argument pour convaincre son mari, et elle comptait bien revenir sur le sujet, dès le soir même.

Pendant que sa femme était obnubilée par cette histoire de jeune fille au pair, Connor sortit fumer une cigarette devant le restaurant, et aperçut Siméon accoudé sur le rebord d'une fenêtre dans l'immeuble juste en face.

Connor lui fit alors un petit signe de la main, geste que lui renvoya aussitôt Siméon accompagné d'un sourire solaire. Le restaurateur l'invita à descendre et à le rejoindre, encore intrigué par cet homme et sur son histoire. Curiosité ou véritable intérêt, le restaurateur ne savait pas encore pourquoi, mais il était curieux et ressentait une véritable sympathie pour lui.

Quelques minutes plus tard, Siméon arriva face à Connor, le bras tendu pour lui serrer la main.

- Bonjour Connor, comment allez-vous ce matin ?

- Très bien merci, et vous ? Je peux vous offrir un café ?

- Avec plaisir, mais uniquement si vous m'éteignez tout de suite cette cigarette !

- Désolé, j'allais vous en proposer une, mais je vois que ce n'est pas la peine.

- Non, en effet cher monsieur, dit-il en éclatant de rire.

Ce rire communicatif, attendrit encore plus Connor, qui invita Siméon à entrer dans le restaurant et y prendre un café.

Connor n'aurait jamais soupçonné que derrière le sourire de cet homme, qui au cours de la conversation, lui indiqua qu'il avait déjà cinquante ans, et lui raconta une histoire, qui lui arracha le cœur. Vingt ans plus tôt, en 1994, Siméon JABAR, chirurgien à l'hôpital de Kigali au Rwanda, était également marié et père de deux enfants.

- C'est en mai 1994, que je suis arrivé en Angleterre en tant que réfugié. Le génocide qui a eu lieu dans mon pays, m'a enlevé ma femme et mes deux enfants pendant que je tentais de sauver des vies à l'hôpital. Ma vie s'est arrêtée là, il y a vingt ans.

Connor ne put retenir ses larmes à l'écoute du drame qu'avait vécu son nouvel ami. Mais il devait hélas remettre cette conversation à plus tard, le service du midi n'allait pas tarder à commencer.

- Vous êtes un homme très courageux Siméon, et si vous voulez, vous pouvez revenir demain à la même heure, nous reprendrons notre conversation pour faire un peu plus connaissance, ça vous convient ?

- Avec plaisir mon ami, lui répondit Siméon.

C'est le cœur un peu serré, que Connor reprit son poste en cuisine, pendant que Siméon ne put s'empêcher de ramasser à nouveau, les papiers jetés devant le restaurant, avant de rentrer chez lui. La situation de Siméon venait complétement de perturber Connor, au point que ce jour-là, il effectua l'élaboration de ses plats, comme une machine.

Pour Tracy et Connor, la journée se passait lentement, chacun préoccupé par quelque chose de nouveau, mais de totalement différent.

A son retour à la maison, un peu plus tôt qu'à son habitude, Connor trouva sa femme et son fils endormis devant la télévision dans le canapé du salon. Tracy sursauta, un peu surprise de voir rentrer son mari aussi tôt.

- Chéri ! Tu rentres tôt, tout va bien ?

- Oui, tout va bien, il n'y avait pas grand monde ce soir, j'ai délégué la fermeture du restaurant au maitre d'hôtel, histoire-de profiter un peu de vous deux. Mais je crois que je vais commencer par aller coucher Brian, et je reviens.

Une fois le petit garçon installé dans son lit, Connor redescendit s'assoir près de sa femme, après s'être servi un scotch bien tassé.

- Je t'en sers un, chérie ?

- Non merci mon amour, je vais plutôt me faire une tisane.

Connor raconta alors à Tracy, l'histoire de la vie de Siméon, qui l'avait beaucoup touché et qui continuait de le préoccuper.

- C'est très triste, ce que tu me racontes, lui dit Tracy, en lui prenant la main.

- Oui, et quand tu le vois, tu ne soupçonnes absolument pas ce qu'il a traversé. Il a toujours le sourire, ça m'a foutu une sacrée claque.

- Et tu as envie de l'aider c'est ça ?

- J'aimerais, mais je t'avoue que je ne sais pas encore comment !

L'ordinateur portable posé sur la table du salon était resté allumé, et affichait le site de l'agence « Hosts International ».

- Je vois que tu as planché sur ton idée d'accueillir une jeune fille au pair !

- Oui, mais on n'est pas obligé d'en parler maintenant tu sais.

- Au contraire, pour une fois que je rentre tôt, c'est le moment idéal ! Et je suis d'accord avec toi.

- Comment ça ? Tu veux dire que tu as eu le temps d'y penser, et que tu veux bien que l'on tente l'expérience ?

- Oui chérie, et je vais également lever un peu le pied au restaurant. Maintenant que ça fonctionne bien, j'ai décidé de déléguer davantage, et de fermer un jour par semaine.

- Et-bien ! J'avoue que je suis surprise, mais dans le bon sens. C'est une super nouvelle, je t'aime tant, lui répondit Tracy, complétement troublée par autant de décisions positives.

Ce soir-là, le couple prendra le temps de publier son annonce sur le site de l'agence spécialisée, et ira se coucher avec de nouveaux projets plein la tête.

Chapitre 2 / Affaire conclue

Le lendemain après-midi, à Kharkiv.

A la médiathèque, Ivanna n'avait de cesse de poursuivre ses recherches pour trouver la famille anglaise qui pourrait correspondre à ce qu'elle souhaitait. Et sa persévérance allait peut-être enfin porter ses fruits. Une annonce postée sur le site la veille au soir, attira son attention. Il s'agissait de l'annonce de Connor et Tracy Anderson.

Elle nota la référence de l'annonce pour la montrer à ses parents, dès qu'elle rentrerait chez elle. Elle avait également conscience que même si l'annonce des Anderson et de l'environnement qu'ils proposaient, correspondait à sa recherche, elle risquait fort de ne pas être la seule à poster sa candidature auprès de cette famille.

Lorsque Bohdan et Oxana prirent connaissance de l'annonce qu'avait retenu Ivanna, ils décidèrent après réflexion, de contacter la famille par le biais de la messagerie interne de l'agence. Une fois leur message posté, le site annonçait un délai de réponse d'environ 48 heures, le temps pour l'agence de contrôler si le profil d'Ivanna correspondait bien à ce que recherchaient leurs clients.

- Ho-non, s'agaça la jeune fille. Je ne vais jamais pouvoir attendre aussi longtemps !

Plus elle y pensait, et plus l'excitation de partir à Londres occupait les jours, mais aussi les nuits d'Ivanna, qui rêvait de Big Ben, de Buckingham et de shopping dans les beaux quartiers de la capitale.

Ce jour-là, je suis allé deux fois à la chapelle Saint Georges pour prier. Chaque fois que j'ai quelque chose d'important à demander, ou que j'ai un souhait qui me tient vraiment à cœur, je viens prier.

Retour à Londres, le mardi matin

Il aura suffi d'une dizaine d'heures, pour que l'annonce de Connor et Tracy sur le site de « Hosts International », retienne l'attention de cinq jeunes filles, souhaitant venir passer une année en tant que jeune fille au pair à Londres.

Tracy Anderson fut d'ailleurs très surprise de se réveiller, et de découvrir que toutes ses jeunes femmes souhaitaient rejoindre sa famille. Il allait falloir qu'elle étudie chacune des candidatures avec l'aide de son mari, avant de choisir celle qui viendra l'aider à la maison, et pour l'éducation de Brian.

L'un des cinq profils retenu l'attention de Tracy, puisque qu'il était parrainé par une autre jeune fille, originaire de la même ville, et qui faisait elle aussi partie des jeunes filles placées par l'agence.

Elle consulta un peu plus le profil d'Ivanna RYBAK, une jeune Ukrainienne de dix-neuf ans, et qui avait ajouté plusieurs photos de son quotidien à sa candidature.

Elle s'arrêta également sur le cursus scolaire de la jeune fille, ainsi que sur son environnement familial. Restait à faire découvrir ce profil à Connor, quand il rentrerait le soir.

Connor rejoindra l'avis de Tracy, après avoir consulté lui aussi, le profil de la jeune Ivanna. Ensemble ils décidèrent donc d'envoyer un message à l'agence pour valider sa candidature, et être mis en contact avec elle, pour les premiers échanges téléphoniques.

Deux jours plus tard, à Kharkiv

Ivanna se réveilla un peu plus tard que d'habitude n'ayant pas cours le jeudi matin. Elle en profitait souvent ce jour-là pour récupérer un peu des journées précédentes, un peu plus chargées. Et c'est en consultant sa boîte mails qu'elle découvrit le message de l'agence, qui lui annonçait que la famille Anderson avait émis un premier avis favorable à sa candidature. Le message lui indiquait également que la famille souhaitait prendre un rendez-vous téléphonique avec elle, dès que possible. Un calendrier contenant plusieurs propositions de dates lui était proposé, et Ivanna n'avait plus qu'à cliquer sur celui qui lui convenait le mieux.

Elle choisit finalement de patienter, et de fixer le premier contact avec les Anderson, au dimanche qui suivant, et opta pour un entretien via Skype, plus facile pour elle, ainsi que pour les anglais, de se faire une première opinion.

Les trois jours qui allaient suivre, allaient paraitre éternellement longs, aussi bien pour Ivanna, que pour Tracy et Connor, qui attendaient tous trois beaucoup de ce premier rendez-vous, et pourquoi pas, donner suite ou non, à cette future collaboration.

Ivanna pensait maintenant qu'elle devrait partager ces nouvelles infos avec ses deux amis, et surtout commencer à préparer Yuriy, afin qu'il ait le temps de se préparer à l'idée qu'elle s'absente un an.

C'est lors de leur sortie hebdomadaire du samedi, qu'Ivanna choisit de parler à ses amis de son rendez-vous téléphonique prévu le lendemain.

- Alors ça y'est c'est confirmé, tu te lances aussi à la conquête de ta nouvelle vie, réagi Yuriy.

- Oui. Conquête est peut-être un grand mot, disons plutôt, la première grande expérience de ma vie, lui répondit Ivanna.

- J'ai l'air un peu triste, mais en fait je serai ravi que ça fonctionne pour toutes les deux, et j'avoue que ça me poussera peut-être à me bouger moi aussi. Je suis soucieux de vous voir partir, mais vraiment content pour vous, sincèrement !

Klara aussi était tout heureuse de cette nouvelle. Elle poussa un « youpi » de joie, et proposa de fêter ça comme il se doit, jusqu'au bout de la nuit. C'est sur cet élan d'amitié qu'allait se poursuivre ce moment, tous trois décidés à profiter au maximum de ce qui pourrait être l'une de leur dernière soirée tous ensemble.

Même si l'envie de faire la fête comme jamais était là, Ivanna avait aussi conscience qu'elle devait rester raisonnable, pour ne pas avoir l'air d'un zombie le lendemain pour l'entretien Skype prévu à 16h. Elle mettra la vodka pomme de côté pour cette soirée, se contentant de quelques verres de soda.

Le lendemain à 16h pétante, Ivanna lança l'appel vers la famille Anderson, qui elle aussi s'était connectée avec un peu d'avance, pour ne pas manquer l'appel de la jolie ukrainienne. Et c'est bien sûr en anglais que l'entretien se déroula.

Ivanna apparaissait fraiche et souriante, et répondait avec aisance aux questions de Tracy et Connor, qui furent rapidement sous le charme de la belle. L'entretien durera une petite heure, se clôturant par un « Good bye, see you soon Ivanna ».

Ça y'est c'était fait, le moment qu'elle redoutait comme le passage d'un examen était terminé, et il faudrait attendre le compte rendu de l'agence, et des suites que Tracy et Connor souhaitaient donner à ce premier contact.

C'est qu'ils ont l'air vachement cool tous les deux. Si je ne suis pas retenue pour rejoindre leur famille, je crois que je ne trouverais jamais mieux. Je vais encore devoir retourner à la chapelle, pour solliciter les Saints !

A Londres, les Anderson étaient déjà casis convaincus que c'est Ivanna qui conviendrait parfaitement pour assister Tracy à la maison, et dans l'éducation de Brian. Ils s'empressèrent même de répondre au mail de l'agence, qui les invitait à compléter le questionnaire de compte rendu d'entretien.

Ivanna se voyait déjà faire ses valises, tant elle avait été, elle aussi, séduite par sa future famille d'accueil.

Mais nous n'étions encore qu'au mois d'avril, et même si les Anderson la choisissaient, elle devrait attendre le mois de septembre, avant de partir pour cette aventure anglaise.

Quelques jours plus tard, c'est Klara qui annoncera à ses deux amis, qu'elle avait été retenue pour partir à Paris, pour remplacer sa cousine.

Hammersmith, Londres.

Tracy s'apprêtait comme chaque matin à amener Brian à l'école, avant de se rendre dans les bureaux de son magazine pour la journée. Elle croisa une nouvelle fois Carolina, accompagnée des jumeaux GUENING. Tracy se souvenait d'ailleurs, que la jeune fille, qui non seulement était à Londres en tant que jeune fille au pair, faisait également des études de stylisme. Il se trouvait que Tracy murissait le projet de prendre une stagiaire au magazine, et qu'elle avait immédiatement pensé que Carolina serait peut-être intéressée par cette proposition. Elle lui proposa donc de la faire monter en voiture jusqu'à l'école, et de profiter du trajet, pour lui en toucher quelques mots.

Cette jeune hollandaise passionnée de mode, fut complétement séduite par cette idée, d'autant plus qu'un stage obligatoire était prévu pour qu'elle puisse clôturer son année. Une véritable aubaine pour elle, puisqu'elle n'aurait aucun effort à faire pour trouver son stage.

Dans son restaurant, Connor avait définitivement adopté sa pause-café en compagnie de Siméon JABAR. Et maintenant qu'ils commençaient tous deux à bien se connaitre, Connor avait décidé de faire une proposition à son nouvel ami.

- Dites-moi Siméon, cela fait plusieurs jours que nous discutons autour d'un café, et je me demandais si vous seriez intéressé par un petit job au restaurant !
- Vous êtes sérieux Connor ?

- Je n'ai jamais été aussi sérieux !

- Mais que pourrais-je bien faire dans votre établissement ? Je ne sais pas cuisiner, je suis incapable de tenir deux assiettes en même temps, et je suis loin d'avoir le profil d'une hôtesse d'accueil, répond Siméon avec une petite note d'humour.

- Oui j'ai bien conscience de tout ça, rassurez-vous. Mais je pourrais vous employer comme plongeur dans un premier temps, et si cela vous convient, vous pourriez tout à fait apporter un peu d'aide en cuisine, pour éplucher les légumes etc…

- Ça je crois que ce serait un peu plus dans mes cordes.

- Vous voulez bien y réfléchir, et me dire si mon offre vous intéresse ?

- Pourquoi réfléchir, parfois il faut savoir se décider sans perdre de temps, vous ne croyez pas ? Et je vous dis d'accord Connor, j'accepte votre proposition.

Connor venait de faire d'une pierre deux coups, en rendant Siméon heureux, et en gagnant un homme de confiance pour rejoindre le personnel du restaurant.

Sans le savoir, ce jour-là, Tracy et Connor venaient de renforcer leurs équipes de collaborateurs, avec le même objectif, accorder un peu plus de temps à leur fils et à leur vie de couple.

A Londres, comme à Kharkiv, une once de bonheur planait sur les familles Anderson et Rybak.

Car chez les Rybak, la réponse de l'agence de placement venait d'arriver, et Ivanna qui semblait confiante sans vraiment trop y croire, découvrait le message lui indiquant que les Anderson souhaitaient l'employer à partir de septembre.

La jeune fille laissa éclater sa joie, sous le regard de ses parents, heureux pour elle, mais néanmoins déjà inquiets de la voir partir aussi longtemps.

L'été allait-être long, et toute la famille profitera de ces trois mois pour préparer le départ d'Ivanna pour l'Angleterre.

Quelques mois plus tard, en septembre.

A Londres, Ivanna était très attendue par la famille Anderson. Tracy avait tenu à aménager et décorer elle-même la chambre de la jeune fille au pair, qui devait arriver dans quelques jours.

Toute la vie de la famille s'était réorganisée au cours de l'été, pour que chacun se rende un peu plus disponible. Carolina qui avait effectué son stage avec succès au sein du magazine « Fashion Life », s'était vu proposer un contrat et travaillait désormais comme assistante au côté de Tracy. Connor, quant à lui, avait décidé de fermer le restaurant le dimanche, et s'était organisé pour déléguer davantage de choses à son équipe, de façon à ne plus travailler le samedi midi. Siméon s'épanouissait dans son nouveau job, et officiait dans l'établissement en tant que plongeur et commis de cuisine.

A Kharkiv, c'était la soirée des aurevoirs pour Ivanna, Klara et Yuriy. A quelques jours d'intervalle, Klara devait prendre la direction de Paris, et Ivanna la direction de Londres. Mais Yuriy avait une petite surprise pour ses deux amies. Alors qu'ils trinquaient une fois de plus à leurs futures vies, le jeune homme offrit aux deux jeunes femmes, un joli bracelet sur lequel il avait fait graver à l'intérieur « Amis pour la vie ».

- C'est trop beau, s'émerveille Klara. Mais nous n'avons même pas prévu de cadeau pour toi !

- Tu pourras peut-être te rattraper quand on se verra à Paris, lui répond Yuriy.

- Tu vas venir me voir ?

- Bien mieux que ça ! Je pars pour paris en octobre, je vais étudier à la Sorbonne. Mes parents m'ont trouvé un petit studio dans Paris.

- C'est génial, s'exclame à son tour Ivanna. T'es un petit cachotier quand même. Nous qui culpabilisions de te laisser seul ici !

- J'ai mis du temps, mais votre départ à toutes les deux, m'a convaincu qu'il fallait que je me bouge, et que je fasse quelque chose pour mon avenir.

Aucun d'eux ne restera donc ancré à Kharkiv, les trois amis semblaient avoir pris leur destin en main, et se préparaient à vivre chacun de leur côté, de nouvelles aventures.

Si vous m'aviez vu le jour où j'ai appris que j'allais enfin réaliser mon rêve. Je sautillais partout, et je pense même avoir presque pleuré. J'étais jeune, je devais profiter de cette opportunité pour grandir et me forger une expérience. Mes parents étaient formidables, et je sais qu'ils faisaient tout pour que mon frère, mes sœurs et moi ne manquions de rien, mais je ne voulais pas de cette vie-là.

Quelques jours plus tard, toute la famille d'Ivanna avait fait le déplacement à l'aéroport international de Kharkiv, pour l'accompagner jusqu'au départ de son avion pour Londres. Dans un peu plus de trois heures, Ivanna rejoindra la famille Anderson pour un an, et poursuivra ses études d'anglais à l'université de Queen Mary.

Bohdan et Oxana, ne purent s'empêcher de verser une petite larme en voyant leur fille ainée s'éloigner pour de très longs mois.

Ivanna ne devrait pas être trop dépaysée, elle quittait la grisaille de Kharkiv pour le brouillard londonien.

Cinq heures plus tard, à l'aéroport d'Heathrow à Londres, Tracy, Connor et Brian attendaient avec impatience l'arrivée de l'avion en provenance de Kharkiv. C'est une jeune fille extrêmement souriante qui franchit la zone des arrivées, et qui rejoignait enfin sa nouvelle famille d'accueil.

Après plusieurs échanges via Skype, place aux premiers contacts en live, et Brian, pour qui Ivanna n'était encore qu'une inconnue aperçue sur l'écran de l'ordinateur, s'avança vers elle une rose à la main, pour lui souhaiter la bienvenue en Angleterre.

Maintenant qu'elle était arrivée, en route pour la maison d'Hammersmith, pour découvrir son nouveau lieu de vie. Le trajet entre l'aéroport et la maison des Anderson, permit à Ivanna et à la petite famille de faire un peu plus connaissance. Mais alors qu'elle discutait avec Tracy, la jeune ukrainienne capta le regard de Connor qui l'observait par le biais du rétroviseur, et qui la fit se sentir légèrement mal à l'aise, le temps de quelques secondes, juste avant que celui-ci ne finisse par reporter les yeux sur la route.

En arrivant enfin à la résidence des Anderson, c'est Tracy, accompagnée de Brian, qui ouvrit le chemin en invitant Ivanna à entrer, suivis de Connor, qui la valise de la nouvelle venue à la main, l'accompagna à l'intérieur, d'une main posée dans le dos de la jeune fille, qui sursauta en sentant la paume de la main du quadra lui effleurer les reins.

Elle pensa d'abord à un geste familier. Mais Connor restant pour elle, encore un inconnu, elle fut surprise par l'audace du père de famille à son égard. Tracy, trop impatiente de faire découvrir la maison à Ivanna, ne prêta aucune attention au geste légèrement déplacé de son mari.

Après avoir fait le tour du propriétaire, un orage éclata sur le quartier d'Hammersmith. Tout le monde s'installa au salon pour prendre le thé, et parler de la nouvelle organisation du foyer, et des futures tâches d'Ivanna.

- Demain nous passerons la journée ensemble, précise Tracy à Ivanna. J'ai pris ma journée de façon à pouvoir vous expliquer tout ce que vous devez savoir sur l'organisation de la maison. Nous irons ensemble amener Brian à l'école, demain midi nous irons déjeuner au restaurant de Connor, et l'après-midi nous ferons votre planning pour la semaine. Je peux déjà vous dire que vous serez en repos le dimanche, et je vous emmènerais aussi jusqu'à l'université et prendre votre carte de transport, cela vous convient ?

- C'est parfait madame Anderson.

- Nous allons passer un an ensemble, je crois que vous pouvez m'appeler Tracy.

- Très bien, je vais essayer, répond Ivanna, d'un air un peu intimidé.

Après ce petit intermède, Ivanna prit possession de sa chambre. Un petit endroit douillé que lui avait concocté Tracy, et dans lequel la jeune femme allait pouvoir se poser pendant un an. Un grand lit, un petit bureau avec une coiffeuse, et une salle de bain individuelle, Ivanna se sentait presque traitée comme une princesse, et appréciait de pouvoir avoir un lieu rien que pour elle, même si la nostalgie de sa famille la rattrapa quelques instants.

Après un premier diner en famille, préparé par Connor, elle ira se coucher tôt. La journée riche en émotions ainsi que le voyage, l'aideront rapidement à trouver le sommeil, avant d'attaquer son premier jour en tant que jeune fille au pair, qui l'attendait le lendemain. Quelque chose allait pourtant la perturber, juste avant qu'elle ne se couche, en vidant ses valises.

Une enveloppe se trouvait juste là, sous ses vêtements, avec une écriture qu'elle connaissait bien : « Pour Iva ».

C'est Pavlo, son petit frère, qui lui a écrit un petit mot :

« Je ne veux pas que tu t'inquiètes, et même si papa et maman, ne voulaient pas t'en parler avant que tu partes, j'ai pensé que tu avais le droit de savoir.

Papa n'a plus de travail, l'usine a fermé, et il a été licencié. S'il te plait, ne leur dis pas que je t'en ai parlé. Pavlo. »

Toute la journée du lundi se déroula comme Tracy l'avait planifié. Ivanna découvrit tout d'abord l'école de Brian, ainsi que le trajet qu'elle devrait emprunter chaque matin pour y emmener le petit garçon, s'émerveilla en entrant dans le restaurant de Connor, et passa l'après-midi à faire les démarches pour obtenir son titre de transport et s'inscrire à l'université, qu'elle rejoindrait dès le mois d'octobre.

A Paris, Klara avait déjà pris ses marques dans la famille française, et avait également pris le relai de sa cousine avec beaucoup d'aisance et de plaisir.

A Kharkiv, Yuriy se sentait bien seul depuis le départ de ses deux amies, et aurait aimé que le temps passe plus vite, pour se retrouver lui aussi, à Paris dans quelques semaines. A part quelques messages lui indiquant que l'une et l'autre étaient bien arrivées à destination, le jeune homme n'avait pas d'autres nouvelles, et espérait pouvoir les joindre via Skype dans les jours suivants.

Ivanna avait hâte de commencer les cours à l'université de Quenn Mary, et profita du mois de septembre pour faire connaissance avec Brian, à lire quelques classiques anglais, et à s'occuper de la maison, au grand bonheur de Tracy qui n'avait pour le moment, pas encore levé le pied côté travail.

Ivanna chantonnait toute la journée, sous les yeux charmés du petit garçon, cuisinait chaque soir avec plaisir, un nouveau plat pour sa famille d'accueil.

Chapitre 3 / Ma nouvelle vie

Octobre 2014

Dès les premiers jours d'octobre, à Londres et Paris, Ivanna, Klara et Yuriy, intégrèrent leurs universités. Si Ivanna devait affronter cette rentrée seule, Klara et Yuriy se retrouvaient côte à côte pour intégrer la Sorbonne. Même s'ils n'assistaient pas forcément aux mêmes cours sur l'intégralité des semaines, ils en partageaient néanmoins quelques-uns, et pourraient au moins se soutenir et être là l'un pour l'autre, en cas de moment de blues ou de nostalgie.

Le dimanche qui suivit, s'annonçait assez pluvieux à Londres, et Ivanna qui n'avait que ce jour-là pour profiter un peu et découvrir la ville, se voyait mal arpenter les rues sous la pluie, et se demanda dès son réveil, ce qu'elle allait bien pouvoir faire de sa journée.

Commençons déjà par une bonne douche, un petit café, et nous verrons ensuite, pensa-t-elle depuis le fond de son lit, encore engloutie sous sa couette. Alors que Tracy était partie pour le marché avec Brian, Ivanna se leva et prit la direction de sa salle de bain. D'humeur plutôt joyeuse au quotidien, elle s'engouffra sous la douche, en chantonnant et en tournoyant sous le jet d'eau chaude. Les parois opaques de la cabine de douche, laissaient apparaitre une silhouette qui l'observait de l'autre côté. Elle sursauta et poussa un petit cri d'effroi. Elle se recroquevilla immédiatement tout en portant ses bras pour recouvrir ses seins. Lorsqu'elle releva la tête, la silhouette avait disparu. Elle prit quelques secondes avant de se décider à sortir de dessous la douche et d'attraper aussitôt sa serviette pour se couvrir. En revenant dans sa chambre qui communiquait directement avec sa salle de bain, elle constata que sa porte était ouverte. Il n'y avait aucun bruit dans la maison, et elle ignorait que Tracy était sortie avec son fils.

Elle referma la porte et s'empressa de s'habiller pour aller vérifier si la famille était là, ou était déjà sortie.

Elle se dirigea d'abord vers la cuisine pour s'y faire un café, et lança un « Good morning », afin de vérifier si elle était seule ou si quelqu'un lui répondait. Force de constater le silence qui régnait dans la maison, et qu'elle ne recevait pas de réponse, Ivanna se demanda, qui était la silhouette qui l'observait sous la douche et qui avait laissé sa porte ouverte. Son café chaud à la main, elle se dirigea vers la véranda pour observer si le temps était vraiment à la pluie, ou si elle pouvait envisager de sortir un peu. Le ciel était effectivement gris, l'atmosphère un peu humide, mais Connor était bien là, dans le jardin, planté dans ses bottes de pluie, un râteau à la main, et fit signe à Ivanna lorsqu'il l'aperçut derrière la baie vitrée de la véranda. Ivanna sentit son sang se glacer, et réagit d'un petit geste de la main, avant de repartir vers sa chambre, et décider de sortir pour la journée.

- C'était forcément lui ! chuchota-t-elle, en repensant au premier jour, celui où elle avait senti la main de Connor dans le bas de son dos.

Elle embarqua son téléphone et son chargeur, et sortit discrètement en laissant un petit mot sur le comptoir de la cuisine : « Je suis sortie pour la journée, Ivanna ».

Je vous jure que j'ai flippé comme jamais, lorsque j'ai aperçu cette ombre derrière les parois de ma douche. Je me suis, le temps d'un instant, retrouvé dans la peau de Janet Leigh dans Psychose. J'étais à deux doigts de gueuler en pensant que j'allais voir apparaitre un gros couteau.

Elle prit le premier bus en direction du centre-ville, bien décidée à se changer les idées, et chasser ses doutes sur le comportement de Connor à son égard. Peut-être avait-elle juste rêvé et qu'elle se trompait. Elle pénétra dans le premier pub qui proposait une connexion Wi-Fi, et ressentit le besoin d'appeler ses parents. Elle ferait comme si tout allait bien, histoire de ne pas les inquiéter pour rien. La journée allait être longue, et elle allait devoir s'occuper jusqu'au soir, avant de rentrer à Hammersmith. Elle commanda un brunch complet, qui lui permettrait de tenir jusqu'au diner, puis reprit son téléphone pour lancer une conversation groupée avec Klara et Yuriy. Mais sa première tentative d'appel resta sans réponse. Il n'était que 11h du matin. Ses deux amies étaient peut-être encore en train de faire la grasse matinée. Elle leur envoya un message pour qu'ils la recontactent dès qu'ils seraient disponibles : « Hello les amis, je voulais profiter de mon jour de repos pour vous entendre un peu, rappelez-moi ! Bisous ».

Quel soulagement lorsque son téléphone afficha l'appel de Yuriy, qui la contactait en vidéo, alors qu'elle s'apprêtait à régler l'addition et à quitter le pub.

- Hey salut ! Comme je suis contente de pouvoir te parler !

- Tu veux dire, de nous parler ! Je suis avec Klara, on déjeune ensemble ce-midi.

- Salut copine, laisse entendre Klara, avant que Yuriy ne dirige le téléphone vers son visage.

- Ha quelle chance que vous soyez tous les deux.

- Tout va bien ? Où es-tu là ?

- C'est mon jour de repos, je suis sortie pour la journée, et là je viens de prendre un brunch dans un pub du centre-ville.

- C'est génial, tu ne t'ennuies pas trop ? lui demande Klara.

- Non, je n'ai pas vraiment le temps de m'ennuyer, mais tu sais ce que c'est, entre le baby-sitting et les cours, les semaines passent à une vitesse folle.

- Je suis d'accord avec toi. Tu es contente de ta famille d'accueil ?

Ivanna marqua un temps de réflexion, comme si elle doutait de la réponse à donner à cette question. Mais elle lâcha un « oh oui-oui, tout se passe bien », car inutile d'inquiéter ses amis avec ses impressions sur le père de famille.

La voilà néanmoins reboostée pour la journée, la bonne humeur et le sourire de ses amis lui avaient permis de recharger les batteries pour quelques jours.

Elle rentrera à la maison d'Hammersmith, juste avant le diner, et après avoir passé l'après-midi au cinéma, à faire un peu de lèche vitrines, bavant devant des tonnes de fringues, bien trop chers pour son budget.

Au cours du diner, Tracy aborda le sujet des fêtes de fin d'année, en demandant à Ivanna si elle avait l'intention de repartir en Ukraine pour fêter noël avec sa famille, ou si elle préférait rester à Londres et passer les fêtes avec eux.

Rien que le fait d'évoquer les fêtes de fin d'année, Ivanna gardait à l'intérieur sa tristesse de ne pouvoir envisager un retour chez elle, juste pour quelques jours, et précisa avec un sourire, comme si elle était ravie de rester en Angleterre, qu'elle n'avait pas vraiment les moyens de se permettre ce type de folie.

Très empathique, Tracy lui prit la main en comprenant la situation, et en concluant, qu'elle serait ravie de la voir passer la fin de l'année à la maison.

Juste avant de se coucher ce soir-là, Ivanna renvoya un message à Klara et Yuriy, pour leur dire à quel point elle avait été heureuse de pouvoir leur parler, un peu plus tôt dans la journée, et partagea également dans son message, sa tristesse de ne pouvoir retourner en Ukraine pour fêter noël.

Klara et Yuriy, qui n'avaient pas de soucis de budget, avaient quant à eux, prévu de rentrer aux pays pour cette occasion. A la fois envieuse et triste de lire cette information, Ivanna ravala sa salive pour ne pas pleurer, et décida de se glisser sous la couette et tenter de s'endormir pour ne plus y penser.

A quelques maisons de chez les Anderson, Sarah GUENING terminait son diner en compagnie de Carolina. Après être restée une année complète auprès de la famille GUENING, et s'être vu offrir le poste d'assistante dans les locaux du magazine de Tracy Anderson, Carolina aurait dû quitter la maison pour laisser la place à une nouvelle jeune fille au pair, et se prendre un studio. Mais Sarah qui ne voulait pas perturber ses jumeaux, avait finalement proposé à la jeune hollandaise de rester chez elle, pour l'aider au quotidien. Il faut dire que pour les jumeaux, Carolina était devenue presque comme une grande sœur, et pour Sarah, une véritable personne de confiance, même un peu un membre de la famille.

Le lendemain matin, c'est d'ailleurs elle qui accompagna les jumeaux jusqu'à l'école, avant de se diriger vers les bureaux de « Fashion Life ». Sur son chemin, elle croisa Ivanna et Brian, qui se mettaient eux aussi en route pour l'école.

Les deux jeunes filles avaient presque le même âge, et Ivanna semblait bien apprécier de faire régulièrement le chemin avec Carolina, avec qui elle discutait de plus en plus, et commençait à se trouver des points communs.

- Il faudrait que l'on sorte boire un verre toutes les deux, si ça te dit, lui propose Carolina.

- Oui avec plaisir, un samedi soir si tu veux !

Les deux jeunes filles continuaient leur trajet vers l'école, emmitouflées dans de grandes écharpes. Les jours d'automne commençaient maintenant à annoncer l'hiver qui arrivait à grand pas, tout comme les fêtes de fin d'années, qui revenaient sans cesse à l'esprit d'Ivanna.

Quelques heures plus tard, l'ambiance était un peu tendue au bureau de la rédaction de « Fashion Life ». Le prochain numéro devait bientôt sortir, et Tracy devait encore valider la totalité de son contenu avec ses équipes de chroniqueurs. Tous les articles prévus au prochain numéro, ainsi que les photos qui devaient les illustrer, étaient étalés sur l'immense table du bureau. Tracy fit un débrief rapide sur ce qui serait retenu, et sur ce qui devait encore être approfondi avant l'impression. Elle ressentit comme des gargouillis dans son estomac, commença à sentir ses jambes trembloter, et quelques gouttes de sueur envahir son front. Elle blêmit.

-   Tout va bien Tracy, lui demande Carolina.

-   Je ne sais pas trop, je ne me sens pas très…

Elle n'eut pas le temps de terminer sa phrase, qu'elle tomba subitement, et s'étala sur la moquette du bureau.

Une odeur d'éther, la sensation de se réveiller avec la gueule de bois, et l'impression d'être couché dans des draps rugueux, Tracy mit quelques minutes avant de s'apercevoir qu'elle était en fait allongée sur un lit d'hôpital.

Connor était là, juste à côté d'elle, lui tenant la main, l'air hagard et les yeux fatigués.

-   Comment tu te sens ma chérie ?

-   Complétement vaseuse ! Qu'est-ce que je fais ici ?

-   Tu as fait un malaise au bureau, tu ne te souviens pas ?

-   Je me souviens m'être senti un peu bizarre, et puis ensuite plus rien non.

Connor qui ne trouvait pas vraiment les mots justes pour expliquer à Tracy pourquoi elle se retrouvait sur ce lit d'hôpital, fut sauvé par le docteur Andrew Brown, qui entrait dans la chambre.

-   Bonjour madame Anderson, je suis le docteur Brown, je vois que vous êtes réveillée, comment vous sentez vous ?

-   Je ne sais pas, je dirai un peu entre deux eaux.

-   C'est normal. Votre mari a-t-il eu le temps de vous expliquer ce qui vous est arrivé ?

-   Heu non, docteur, je n'ai pas encore prévenu ma femme, répondit aussitôt Connor.

-   Prévenue ! Mais prévenue de quoi exactement ?

-   Madame Anderson, vous avez fait une fausse couche, mais ça n'est pas tout malheureusement.

-   Comment ça une fausse couche ? J'ignorais que j'étais enceinte !

- Vous ne l'étiez que depuis huit semaines, mais votre malaise était dû à autre chose.

- Quoi ? Et que devrai-je savoir de plus ?

La réponse du docteur Brown ne pourra que confirmer la terrible nouvelle qui tomba comme un couperet sur la tête de Tracy. Elle se dit que tout ça n'était qu'un cauchemar, qu'elle allait se réveiller dans son lit à la maison. Mais hélas, tout cela était bien réel.

- Je suis tellement désolé chérie, je suis aussi dévasté que toi.

- Où est Brian, demanda Tracy, comme si elle n'entendait pas la tristesse de son mari, qui tentait tant bien que mal de la réconforter.

- Rassure-toi, il est à la maison avec Ivanna.

- Ne lui dit rien s'il te plait ! Ne le dit à personne, pas pour l'instant.

- Comme tu voudras mon amour, mais il faudra bien…

- Non ! Je t'ai dit non, pas pour le moment !

Le joli visage de Tracy s'était complétement fermé. Son sourire solaire avait laissé place à une bouche sans expression, à un regard vide et un teint blême.

Lorsque Connor rentra chez lui, laissant Tracy sur son lit d'hôpital, il passa la porte en reprenant son visage de tous les jours, Brian ne devait pas pouvoir lire sa tristesse sur son visage, et Ivanna ne devait pas savoir pourquoi Tracy n'était pas de retour avec lui.

Après avoir minimiser l'hospitalisation de sa femme, Ivanna et Brian étaient rassurés, et attendront quelques jours, avant que la maitresse de maison ne revienne parmi eux.

Alors que la fatigue et le surmenage étaient les raisons données par Connor, pour justifier le malaise et l'hospitalisation de Tracy, lorsque celle-ci franchit le pas de la porte à sa sortie d'hôpital, trois jours plus tard, Ivanna se retrouva face à une femme froide et presque désagréable avec elle.

La jeune fille lui donna néanmoins des circonstances atténuantes pour ce changement de comportement, pensant qu'après un peu de repos, elle retrouverait la patronne qu'elle connaissait depuis le début.

Un mois plus tard, les fêtes de fin d'années se préparaient, les lumières multicolores envahissaient les rues de Londres, les vitrines des grands magasins étaient toutes plus belles et plus folles les unes que les autres, Ivanna ne se lassait pas de s'y perdre, et se disait qu'elle ne pourrait peut-être pas s'offrir une tenue digne de ce nom, pour assister au repas de noël chez les Anderson.

Ce samedi soir de décembre, c'était en compagnie de Carolina qu'Ivanna s'offrit pour la première fois, une soirée dans un des pubs de la capitale, moment qui la ramena quelques mois en arrière, lors de ses soirées du samedi en compagnie de Yuriy et Klara.

Carolina semblait avoir eu un peu plus de chance qu'elle, en intégrant la maison de madame GUENING. Ivanna l'observait d'un air envieux, et découvrait une jeune fille pétillante, épanouie, qui appréciait, semble-t-il, d'être restée en Angleterre pour y poursuivre sa vie. A la maison des Anderson, rien n'avait vraiment changé depuis le retour de Tracy, suite-à son passage à l'hôpital. La mère de famille avait repris un rythme effréné au travail, continuant également d'être froide et distante avec Ivanna, ce que la jeune fille ne parvenait plus à comprendre, ni à accepter. Connor aussi avait changé. Les petites intentions envers sa femme se faisaient de plus en plus rares, et il s'absentait seul avec Brian, dès qu'il en avait l'occasion, laissant Ivanna seule dans cette grande maison, qui devenait pour elle une prison, bien loin de son sentiment de maison de princesse lorsqu'elle était arrivée en septembre.

Mais en voyant Carolina croquer la vie à pleines dents, Ivanna qui ressentait le besoin de lui confier ce qu'était devenu son quotidien chez les Anderson, renonça finalement à l'ennuyer avec ça, pensant que de toute façon, elle ne la comprendrait certainement pas. Peu importe, que la soirée continue, et demain est un autre jour. Place à la fête et à la vodka pomme.

Elle avait l'air heureuse Carolina. Je n'allais tout de même pas lui saper le moral et lui gâcher la soirée avec mes problèmes.

Le lendemain, Ivanna y pensait déjà. Le dimanche censé être une journée de repos pour elle, était devenu synonyme d'angoisse, la poussant systématiquement à quitter la maison pour la journée, et éviter les réflexions désobligeantes de Tracy, ainsi que les regards malveillants de Connor, qui devenaient de plus en plus déstabilisants.

Et elle avait bien raison de s'inquiéter de voir arriver le dimanche. La maison qui d'habitude était plutôt calme et reposante ce jour-là, s'anima dès le matin à 8h. Ivanna fut réveillée en sursaut par les larsens des enceintes du salon. Tracy qui écoutait normalement de la musique jazz en sourdine, avait décidé de pousser le son, pour s'adonner au nettoyage du dimanche matin.

-   Mais qu'est-ce qui lui arrive, c'est-pas vrai, je rêve, s'exaspéra Ivanna, tout en se mettant la tête sous l'oreiller.

Tout cela semblait vouloir indiquer à Ivanna, qu'elle n'était pas encouragée à poursuivre sa grasse matinée. Se sentant presque contrainte et forcée, elle décida de se préparer et de lever le camp pour la journée.

Alors qu'elle sortait de sa chambre pour se diriger vers la sortie, elle croisa Tracy, un chiffon à la main, et qui s'empressa de baisser le son de son engin de torture auditive.

-   Bonjour Tracy, je…

-   Vous comptiez sortir peut-être, la coupa brusquement Tracy, sans même répondre à son « bonjour », pourtant enjoué et poli.

-   Oui, nous sommes dimanche !

-   Je n'ai pas souvenir de vous avoir vu nettoyer votre chambre ! Dois-je le faire pour vous ? Je pensais vous avoir dit que je tenais à ce que toute la maison soit toujours impeccable, et cela incluait aussi votre chambre.

-   Je le ferai ce soir à mon retour, sans faute Tracy.

-   Ok, mieux vaut tard que jamais, lui lança sèchement sa patronne.

Complétement scotchée par autant de méchanceté et se sentant agressée, Ivanna disparait, ni une ni deux, en direction de l'arrêt de bus.

Comme chaque dimanche, Ivanna avait pris l'habitude de s'arrêter dans son pub favori, pour y prendre un brunch et profiter du Wi-Fi pour contacter sa famille et ses amis.

C'est la gorge nouée qu'elle contacta tout d'abord ses parents, mais toujours pas question pour elle de laisser paraitre le moindre signe de mal-être dans sa voix. Elle prit une grande respiration, avala une gorgée de thé au miel et citron, et adopta un sourire rayonnant, même si les échanges avec sa famille ne se faisaient que par le biais du téléphone, ses parents n'étant pas vraiment au fait des appels vidéo.

Après une communication de trente minutes, pendant lesquelles elle avait tout fait pour retenir ses larmes, elle raccrocha et craqua, en lâchant toute l'eau que ses yeux pouvaient garder.

Elle enchaina par un appel vidéo vers Yuriy et Klara. C'est Yuriy qui répondit à son appel depuis le fond de son lit.

- Salut ma belle ! C'est toi qui es matinale, ou moi qui suis un peu décalé ?

- Peut-être un peu des deux, répondit Ivanna, la voix légèrement enraillée.

- Tu as pleuré ?

- Juste un peu, je viens d'avoir mes parents au téléphone, juste un peu de nostalgie. Et toi ? Tu ne repars pas à Kharkiv ?

- Si, je dois rentrer dans quelques jours pour passer les fêtes avec ma famille, mais j'attends que Klara me donne ses dispos, pour que l'on prenne le même vol. Je suppose que tu restes à Londres pour noël et que c'est aussi pour cela que tu es triste ?

- Oui un peu c'est vrai, mais c'est juste une période à passer, tout ira mieux une fois que les fêtes seront terminées.

- Tu as peut-être raison, mais tu sais que nous sommes là si tu as besoin d'accord ?

- Bien sûr que je le sais, mais tout ira bien, ne t'inquiète pas.

- Je te promets que dès que j'arrive à joindre Klara, on te rappelle pour te faire un p'tit coucou !

- Ça marche, je t'embrasse, et embrasse Klara pour moi.

- Ce sera fait, bisous ma belle, à bientôt.

Et voilà, ce qui d'habitude la reboostait pour la semaine, lui fit cette fois-ci l'effet inverse. Il n'était pas encore midi, et il allait falloir à Ivanna, trouver de quoi s'occuper jusqu'au soir, et faire en sorte que le chagrin qui lui pressait la poitrine, ne lui gâche pas la seule journée censée la détendre, pour lui faire oublier ses tracas du quotidien.

Elle souhaiterait, non seulement que cette journée passe très vite, mais aussi que cette année se termine, et oublier les fêtes de fin d'année qui arrivaient à grands pas. Plus que cinq jours avant noël.

Elle se demanda si elle devait prévoir des cadeaux pour la famille Anderson. Le réveillon allait avoir lieu dans quelques jours, et elle ne savait même pas si elle était toujours conviée ou pas. Tracy ne lui avait absolument plus reparler de ce moment, depuis que son comportement avait changé envers elle. Elle préféra attendre, et tenterait de sonder un peu le terrain auprès de Connor, se contentant pour le moment, de trouver un petit cadeau pour Brian.

La semaine qui allait suivre n'apporterait pas la réponse à Ivanna, malgré ses tentatives auprès de Connor pour engager la conversation autour des fêtes de noël. Le père de famille semblait systématiquement fuir le sujet, en restant très vague, laissant à la jeune fille de plus en plus de doutes sur une possibilité de répit pour cette occasion particulière.

Chapitre 4 / Les retrouvailles

Le vingt-trois décembre, alors que Tracy était sortie pour terminer ses achats, Ivanna s'apprêtait à étudier quelques heures sur le bureau de sa chambre. Elle entendit Connor qui lui, se préparait à partir pour le restaurant, avant de fermer l'établissement pour quelques jours.

La porte d'entrée claqua, le moteur de la voiture de Connor se mit à gronder, puis elle l'entendit s'éloigner petit à petit. Elle allait pouvoir respirer un peu et profiter de ce moment de calme pour faire ce qu'elle voulait, sans avoir l'impression que Tracy l'observe à chacun de ses faits et gestes.

Elle avait quelques jours de repos. Des jours prévus dans son contrat de jeune fille au pair, mais dont elle n'avait rien à faire en réalité, puisqu'elle ne pouvait pas partir, et devait rester coincée ici avec une famille qui ne la considérait plus, excepté le petit Brian, toujours attendrissant et affectueux avec elle.

Plongée dans ses bouquins et le résumé de ses derniers cours, Ivanna sursauta en entendant la sonnerie de la porte d'entrée.

- Qu'est-ce que c'est ? Qui peut bien venir interrompre sa quiétude, si rare.

Elle abandonna ses notes, et se dirigea vers la porte, bien décidée à ne laisser personne lui gâcher ce moment rien qu'à elle.

- TA-TA !!!!! C'est nous !!!

Ça n'est pas possible pensa-t-elle alors qu'elle venait juste d'ouvrir la porte. Là devant elle, étaient plantés ses deux amis, Klara et Yuriy.

- Vous ! Mais qu'est-ce que vous faites ici ? Vous ne deviez pas être rentrés à Kharkiv ?

- Tu as l'intention de nous embrasser ou on fait demi-tour direction l'aéroport ? lui lança ironiquement Klara.

- Mais non, non surtout pas, dit Ivanna en se jetant dans les bras de ses deux meilleurs amis. Sérieusement ! Vous ne repartez pas en Ukraine pour les fêtes ?

- Non, avec Klara nous avons décidé que nous passerions les fêtes avec toi. On a prévenu nos familles, et elles nous ont donné l'autorisation. En fait, on est venu t'enlever pour quelques jours. On a loué un petit appart en

B&B dans un quartier sympa de Londres. Il ne te reste plus qu'à prendre quelques affaires, et hop on est parti.

- C'est génial, j'ai l'impression de rêver. Vous êtes vraiment les meilleurs amis du monde. Aller, entrez, je prends un sac avec quelques fringues, je laisse un message aux Anderson, et on y va.

Ivanna était tellement heureuse que ses amis aient pris l'initiative de venir passer les fêtes avec elle, qu'elle ne soucia absolument pas de ce que pourraient penser Tracy et Connor, en découvrant par le biais d'un message laissé sur la porte du frigo, qu'elle était partie pour quelques jours, et qu'elle ne serait finalement pas parmi eux pour fêter noël. Après tout, pourquoi s'en soucierait-elle. Etant donné le comportement du couple à son égard depuis quelques semaines. Basta ! On verra bien tout cela à mon retour, pensa-t-elle intérieurement, trop occupée à privilégier ses quelques jours auprès de Klara et Yuriy.

Les trois amis se sentaient comme pousser des ailes à l'idée de ses retrouvailles. Le crachin londonien persistait ce matin-là, et aucun d'eux n'avait pris la peine de se munir d'un parapluie pour aller jusqu'à l'arrêt de bus. Mais peu importe la pluie, le vent et leurs vêtements trempés, ce sont trois gosses qui se retrouvaient, trop pressés de refaire le monde, à fumer, à boire et à faire la fête pendant une semaine.

Deux heures plus tard, c'est dans le quartier de Soho, dans une petite location pour touristes, que Yuriy avait réservé quelques jours plus tôt, qu'ils prenaient tous les trois leurs quartiers.

- Et si on commençait par aller faire quelques courses avant de commencer à se raconter nos nouvelles vies, proposa Klara.

- Bonne idée, j'ai hâte de vous raconter mes aventures parisiennes, dit Yuriy totalement excité.

Un petit tour dans les rues de Soho, une ambiance qu'Ivanna qui était pourtant là depuis plus de trois mois, découvrait avec enthousiasme et un plaisir non dissimulé.

- Mais il est génial ce quartier ! s'exclama-t-elle. Pourquoi je ne suis pas venue ici plus tôt ?

Il est certain que ce quartier branché n'avait rien à voir avec le quartier dans lequel Ivanna passait ses dimanches, ni avec celui dans lequel elle vivait au quotidien.

Pourtant sortis dans l'idée de faire quelques courses pour les prochains jours, ils ne résistèrent pas à l'envie de s'arrêter boire un verre dans un bar qui proposait également des clubs sandwichs, et qui leur rappelait qu'ils n'avaient pas encore déjeuner. Aller hop, les courses pouvaient bien attendre une heure ou deux.

Une fois installés devant une bonne pinte de bière et un sandwich au poulet, Ivanna était impatiente d'entendre ce que vivaient ses amis dans la capitale française.

- Alors, racontez-moi, c'est comment Paris ?

C'est Klara qui se lança la première, dans le récit de ces trois derniers mois.

- La famille chez qui je suis est vraiment super. Je m'occupe des trois enfants, quand je ne suis pas en cours, et Sandra et Julien sont formidables avec moi. Je me sens vraiment bien. Ma cousine m'avait prévenue qu'ils étaient top ! Et toi Iva, raconte, comment est ta famille d'accueil ?

- Houlà- là, je crois malheureusement que je ne suis pas aussi bien tombé que toi !

- Comment ça ? Je pensais que tout se passait bien, réagi Yuriy.

- Oui, au début ! Mais depuis quelques semaines, depuis que Tracy a fait un malaise au travail, et qu'elle est rentrée de l'hôpital, ils sont devenus très bizarres avec moi. Tous les jours je me dis que ça va passer, et qu'ils traversent une mauvaise passe, mais plus ça va, et plus ils sont distants et désagréables.

- Et tu en as parlé à quelqu'un ? A tes parents ? A l'agence ?

- Non, j'ai signé pour un an, et si je casse le contrat, l'agence ne pourra non seulement pas me trouver une autre famille en cours d'année, mais ils ne me paieront pas non plus mon billet de retour pour Kharkiv.

- Mais si c'est si terrible, reprit Klara, tu dois en parler à tes parents ! La façon dont tu en parles, j'ai l'impression que tu vis avec Folcoche !

- Non, je ne veux surtout pas les inquiéter pour rien, et j'ai tellement insisté pour les convaincre de me laisser venir à Londres, que je ne peux pas me résoudre à abandonner mon année d'étude ici. Et je vous interdis d'en parler, on est bien d'accord ?

- Oui d'accord, mais au moindre problème important, tu nous préviens !

- Promis ! Et puis j'ai toujours bon espoir que tout cela se tasse et que l'ambiance redevienne comme avant. Bon aller, on arrête de parler de moi, toi Yuriy, qu'est-ce que tu as à nous raconter ? Tes études, ton appart, les amours !!!

- Côté étudiant, tout va bien, j'aime vraiment les cours à Paris, mon petit appart est suffisant pour ce que j'y fais, et côté cœur…

- Quoi ? T'as rencontré quelqu'un et tu ne me l'as pas dit, s'insurgea Klara.

- C'est juste que c'est assez récent, et que j'attendais de vous avoir toutes les deux pour vous le dire !

- Bein ça y'est, on est là toutes les deux ! Elle est comment ? Tu l'as rencontrée où ?

- C'est-pas « elle », c'est « il », et je l'ai rencontré dans le marais !

Klara et Ivanna se regardèrent un instant, pensant l'une et l'autre que Yuriy était en train de blaguer.

- Aller, arrête, faut toujours que tu déconnes, dit Klara.

- Et c'est quoi le marais ? s'interrogea Ivanna.

- Un quartier gay à Paris, lui répondit Klara.

- T'es homo ?

- Ça vous choque ? demanda Yuriy.

- Non pas du tout, je crois que l'on est juste surprises, et on ne sait jamais quand tu dis vrai, ou si tu plaisantes, reprit Ivanna.

- Et-bien oui, je suis gay !

Klara toujours un peu dubitative, tenait à éclaircir un point.

- Mais j'ai toujours cru que tu étais amoureux d'Iva !

- Moi aussi, j'avoue que je l'ai longtemps pensé, mais je crois surtout que je me mentais à moi-même. Et quand je suis arrivé à Paris, je suis sorti dans le marais, et je me suis vite aperçu que je flashé sur tous les beaux garçons qui trainaient dans les bars. Enfin voilà, je tenais à vous le dire, parce que j'avais besoin d'en parler, et je tenais à ce que vous soyez les premières à le savoir.

- Ok ! Alors si ça peut te rassurer, ça ne change rien pour moi, lui dit Ivanna.

- Idem pour moi, confirma Klara.

- Je savais que vous ne me jugeriez pas, je vous adore, rien que pour ça.

Cette petite annonce une fois faite, les deux amies se souviendront longtemps du coming-out de leur pote, au même titre que de tout ce qu'ils avaient partagé depuis qu'ils se fréquentaient.

Les festivités pouvaient commencer.

J'avais enfin la réponse, à cette petite voix qui me chuchotait depuis toujours, de ne pas tenter quoique ce soit avec Yuriy. Mais je ne m'attendais absolument pas à cette déclaration.

Une semaine durant laquelle les trois amis n'allaient pas se quitter un seul instant. Un petit sapin improvisé pour le réveillon de noël, des soirées arrosées à coup de vodka pomme, et des journées à parcourir les rues de Londres, empruntant le bus, le métro, les taxis qu'ils n'avaient vu que dans les séries télé, et des brunchs à ne plus pouvoir rien avaler.

Mais le 1er janvier 2015, après une soirée mémorable dans l'une des discothèques à la mode du quartier de Soho, l'heure des aurevoirs était arrivée.

Klara et Yuriy devaient reprendre la direction de l'aéroport pour rentrer à Paris, et Ivanna devait maintenant rentrer à Hammersmith. Yuriy et Klara ne savaient pas quand ils pourraient revoir leur amie, mais ils lui firent la promesse de l'appeler chaque semaine, en attendant de pouvoir revenir, ou de la retrouver à Kharkiv, Paris ou ailleurs.

Ivanna ne parvenait pas à sécher ses larmes, alors qu'elle était assise dans le bus qui la ramenait chez les Anderson.

Quand je vous disais que j'avais les meilleurs amis du monde. Nous avons toujours tout fait ensemble, et une fois de plus, même si nous sommes éloignés pour plusieurs mois, nous traversons les orages ensemble, et nous partageons absolument tout ce qui nous inquiète les uns et les autres. Bien-sûr, je constate que je suis un peu moins gâtée, avec cette folle de Tracy.

Quel accueil Tracy et Connor lui réserveraient-ils ? Combien de temps encore, allait-elle réellement pouvoir supporter leur comportement ? Autant de questions qui remplissaient son esprit, totalement angoissée à l'idée de franchir la porte de la maison.

Chapitre 5 / Le piège

En arrivant devant la bâtisse, Ivanna ne vit pas la voiture des Anderson, habituellement garée devant le garage. Le soir était presque là, et il n'y avait pourtant aucune lumière allumée dans la maison. Avant d'introduire sa clé dans la serrure, Ivanna prit quand même le soin de sonner pour s'annoncer. Après quelques secondes d'hésitation, elle se décida à entrer, en s'accompagnant d'un « bonjour, je suis rentrée ! ». Aucune réponse, ils étaient sûrement sortis rendre visite aux parents de Connor pour la nouvelle année, pensa Ivanna, un peu soulagée d'être seule pour traverser la maison, et rejoindre sa chambre.

Elle prit soin de laisser une des lumières du salon allumée, de façon-à ce que les Anderson comprennent à leur retour qu'elle était rentrée de sa petite escapade.

En entrant dans sa chambre, elle lâcha aussitôt son sac sur le sol, en voyant ce que les Anderson lui ont laissé sur son lit.

- Ha merde, j'hallucine…

Plusieurs cadeaux, accompagnés d'un petit mot et d'un dessin de Brian, étaient posés sur un lit avec de nouveaux draps. La chambre avait elle aussi été nettoyée. Ivanna était prise entre émotions et la culpabilité d'avoir jugé un peu vite, le changement de comportement de Tracy et Connor. Toutes ses angoisses s'envolèrent aussitôt. Elle immortalisa ce moment en prenant une photo avec son téléphone portable, et envoya un message à ses amis, afin qu'ils soient rassurés sur son retour à la maison : « Finalement, tout va bien ! Je vous aime, bisous ».

Mais sa surprise était loin de lui annoncer ce que contenaient tous ces cadeaux. Elle commença à les ouvrir un à un, en s'asseyant sur son lit, lorsqu'elle découvrit que ces cadeaux étaient bien trop beaux pour elle, alors qu'elle n'était là que depuis trois mois.

Des tenues à la mode, quelques bijoux fantaisie, et une tablette flambant neuve, étaient les cadeaux que lui avaient réservés les Anderson.

Elle se remit de ses émotions, et ne sachant pas à quelle heure Tracy, Connor et Brian allaient rentrer, elle se dirigea vers la cuisine pour leur préparer un petit encas pour le soir.

C'est finalement vers dix-huit heure, que la famille franchie la porte de la maison, face à Ivanna qui resta complétement stupéfaite, de voir Tracy affichant un sourire radieux, et Connor qui entra en lançant un « Bonne année Ivanna ! ».

Brian traversa la pièce en courant pour se jeter dans les bras de la jolie blonde, qui semble-t-il, lui avait beaucoup manqué.

Que s'est-il donc passé pour que Tracy et Connor aient retrouvé le sourire, et pour qu'ils soient aussi avenants envers elle, comme si les semaines précédentes, n'avaient jamais existé…

A la fois soulagée de les voir aussi joyeux, et surprise par autant de bienveillance, Ivanna se demanda si tout cela était définitif, ou s'il ne s'agissait que d'une trêve, avant un nouveau changement.

Elle laissa ses doutes de côté pour la soirée. Inutile de gâcher ce retour en fanfare. Elle décida de profiter de ce moment plutôt jovial. Elle était de nouveau détendue, et souriait comme il se doit à ses deux énergumènes, qu'elle ne parvenait pas à comprendre.

Il faut tout de même avouer, qu'ils sont difficiles à cerner ces deux-là ! Je me demande s'ils ne sont pas bipolaires…

Bien que gênée et un peu embarrassée par les cadeaux qu'elle avait trouvé sur son lit, elle remercia Tracy et Connor, afin que l'on ne puisse pas lui reprocher de ne pas l'avoir fait, en cas de renversement de situation plus tard.

Avec cette nouvelle année qui commençait, les tensions qui s'étaient apaisées, Ivanna reprit le train-train de sa vie de jeune fille au pair, très occupée entre la garde de Brian et ses cours à l'université.

Dans les jours qui suivirent, Tracy qui avait prévu de partir quelques jours chez ses parents avec Brian, en informa Ivanna, afin qu'elle puisse elle aussi prendre un peu de repos si elle le souhaitait, en précisant que Connor resterait là, beaucoup trop occupé avec le restaurant.

L'idée de se retrouver en tête à tête avec Connor, était loin de ravir Ivanna, car même si les choses semblaient être redevenues normales, elle avait encore à l'esprit ses regards insistants et son comportement déplacé, sans oublier la silhouette aperçue alors qu'elle prenait sa douche, et qu'elle n'était toujours pas parvenue à oublier.

Ne serait-il pas mieux pour elle, qu'elle parte quelques jours afin d'éviter de se retrouver seule avec lui. Mais où aller ? Avec quel argent ? Il ne lui restait guère que trois jours pour se décider et trouver une solution. Le problème était toujours le même. Sans argent, elle était contrainte de se contenter de sa chambre, et d'envisager de cohabiter avec Connor pendant plusieurs jours.

Trois jours plus tard, Ivanna dut se rendre à l'évidence, qu'elle ne pourrait elle aussi, quitter la maison pendant que Tracy se rendait dans le South West avec Brian. N'ayant pas trouvé de plan B pour éviter de croiser Connor, elle décida de prendre sur elle, en espérant que l'homme qu'elle avait déjà ressenti comme un pervers, ne tenterait rien à son égard.

C'est un homme qui gardait plutôt ses distances, et plutôt bienveillant, qu'elle retrouva le lendemain au petit déjeuner, Tracy et Brian étant partis depuis la veille.

Il lui demanda ce qu'elle a prévu pour occuper sa journée, et voyant que la jeune fille n'avait pas vraiment de projets précis, il l'invita à venir déjeuner dans son restaurant. Ivanna y voyait là un geste de sympathie, et accepta avec plaisir l'invitation de son patron. Quand elle arriva à l'heure du déjeuner, dans l'établissement de Connor, une petite table intimiste lui avait été réservée. Le serveur lui indiqua les suggestions du jour, et lui tendit la carte des menus, en précisant qu'elle pouvait choisir tout ce qui lui ferait plaisir. Elle se sentait, le temps de quelques heures, à nouveau traitée comme une princesse. Son repas terminé, Connor vint la rejoindre à sa table et lui proposa de lui faire visiter les cuisines. Elle y croisa Siméon, l'ancien médecin originaire du Rwanda, dont elle avait déjà entendu parler à plusieurs reprises, lors des repas en famille chez les Anderson. Elle comprit aussitôt en le voyant, pourquoi Connor avait décidé de lui donner une seconde chance dans la vie, et lui avait tendu la main.

Elle repartait ravie de ce petit épisode gastronomique, et après avoir trainer un peu dans les boutiques du quartier, reprit le chemin de la maison. Une fois arrivée, elle profita de ce temps de repos pour appeler son entourage, tenta de joindre Klara et Yuriy, sans succès, et s'endormit sur le canapé du salon, alors qu'elle ne faisait habituellement jamais de sieste.

Lorsqu'elle refit enfin surface, il était déjà 18h, et ne s'était même pas aperçu si Connor était rentré du restaurant pour sa pause de l'après-midi. Elle ne s'était encore jamais vraiment retrouvée seule aussi longtemps à la maison, mais finalement cela lui convenait bien. Après tout, elle n'avait peut-être pas pu se permettre de partir quelques jours, alors pourquoi ne pas profiter de tout l'espace qui était à sa disposition pour se détendre. Après cette sieste un peu tardive, elle savait qu'elle n'était pas près de se coucher tôt. Elle décida de se faire un programme sur mesure pour la soirée.

Ce sera d'abord un bon bain moussant, chose qu'elle n'avait pas fait depuis qu'elle était arrivée ici, et ensuite, un petit plateau improvisé devant un film ou une série qu'elle choisira sur la vidéothèque de la famille. Elle disposait encore de quelques heures, avant que Connor ne revienne à la maison.

Plongée dans un film fantastique, dans lequel des dieux de la mythologie se faisaient la guerre, elle sursauta à l'ouverture de la porte d'entrée et aperçut Connor légèrement trempé, qui n'avait pu éviter l'averse qui sévissait dehors, et qu'il l'avait inondé en sortant de sa voiture.

- Bonsoir Ivanna, je vois que tu es restée bien au chaud et à l'abri !

- Oui, avec ce temps, je suis bien mieux à l'intérieur.

- Je vois que tu as sélectionnée l'un de mes films préférés.

- J'étais tellement prise dedans, que je ne vous ai même pas entendu rentrer.

- Je vais me faire un thé bien chaud, je t'en prépare un peu ?

- Oui volontiers.

Pendant que Connor partait se sécher, et mettait la bouilloire de la cuisine à chauffer, Ivanna remit le film un peu en arrière, pour reprendre l'histoire là où elle l'avait laissée, avant de s'écrouler de sommeil.

Recroquevillée dans le coin du canapé, elle prit conscience que sa tenue était peut-être un peu légère pour prendre un thé au salon, avec Connor. Elle saisit le gros plaid molletonné pour s'envelopper à l'intérieur, alors que son patron arrivait avec un plateau, contenant du thé et des petits gâteaux.

Dehors la tempête continuait de souffler, et se transforma rapidement en orage. Ivanna apprécia le thé bien chaud que venait de lui servir Connor, et tenta de terminer le visionnage de son film, qui trainait un peu en longueur. Une première gorgée de thé, puis une deuxième, le vent, la pluie, les éclairs et l'orage qui grondait, vinrent ternir l'écran de la télévision, les images devenaient de plus en plus troubles et…

Ivanna avait tout à coup la sensation de rêver, comme si elle était en train de flotter, son esprit devenait complétement flou, ses bras et ses jambes ne lui répondaient plus, et autour d'elle, tout se mettait à tournoyer. Elle tenta de crier, mais aucun son ne parvint à sortir de sa bouche. Le vide était là, elle chutait de plus en plus, et rien pour se rattraper, elle allait tomber, tomber encore et encore, et tout à coup, ce fut le black-out, elle venait de tomber dans un trou noir.

Non mais allo ! Cette fois-ci je ne rêve pas. J'ai vraiment l'impression d'avoir rejoint le casting d'un thriller hollywoodien. Je le savais ! Jamais je n'aurai dû accepter de rester seule avec lui. Mais qu'est-ce que je peux être conne parfois.

Encore un peu vaseuse, elle se réveilla enfin, avec cette étrange impression d'avoir traversé un long tunnel, comme si le film qu'elle regardait, l'orage qui grondait et son mauvais rêve, ne faisaient qu'un. Elle se redressa. Elle était là assise dans son lit, sans même se souvenir s'être couchée la veille. Elle tourna la tête vers sa table de chevet, constata qu'il est déjà 10h, mais ce n'était pas tant l'heure avancée de la matinée qui la surprit. Elle fut prise d'un effroi et tout son corps se raidit. Elle était complétement nue. Jamais elle ne dormait sans enfiler son pyjama-short, jamais elle ne dormait à même les draps.

Elle avait beau forcer sa mémoire, c'était le noir total, non seulement elle ne comprenait pas pourquoi elle était nue, mais elle ne se souvenait pas non plus, à quel moment elle s'était couchée. Elle tira les draps un peu plus sur elle, ne parvenant pas à sortir du lit, son corps tout entier était pétrifié.

Elle ressentit le besoin d'appeler au secours, mais ne parvint pas à trouver son téléphone portable, qui habituellement n'était pourtant jamais bien loin. Sur le bureau de sa chambre, sa tablette aussi avait disparue. Elle trouva la force de se sortir du lit, toujours inquiète et envahie par la peur de ce qui avait bien pu se passer depuis la veille au soir. Elle enfila ses vêtements, sortit de sa chambre, mais là encore, elle était seule, toute seule, et cette fois-ci c'était loin d'être un plaisir de ne trouver aucune âme qui vive dans ses murs qu'elle trouvait tout à coup légèrement hostiles.

Elle devait sortir. Peut-être qu'en allant voir Carolina chez les GUENING, elle pourrait demander à son amie de lui prêter son téléphone portable. Elle enfila son blouson et se dirigea vers la porte d'entrée, qui était bien évidemment verrouillée.

-   Où sont mes clés ? se demanda-t-elle.

Elle ne comprenait pas pourquoi, tout ce qui pourrait lui permettre de contacter l'extérieur, avait mystérieusement disparu.

-   C'est un cauchemar, je vais sûrement me réveiller. Le téléphone de la maison ! pensa-t-elle soudain.

Cette fois c'est sûr, elle ne rêvait pas, le téléphone fixe de la maison n'était plus à sa place. Elle traversa la maison pour se rendre dans la chambre de Tracy et Connor, elle devrait y trouver le second combiné, mais la porte de la chambre était fermée.

-   Non-non, ça n'est-pas possible, mais qu'est-ce qui se passe ?

Plus les minutes passaient, plus la jeune femme avait la sensation que la maison s'était transformée en prison. Même les poignées des fenêtres avaient été enlevées. Hors de question de rester là, elle devait impérativement réussir à sortir pour trouver de l'aide. Personne ne pouvait la voir, même de derrière une fenêtre. La maison n'avait aucun vis-à-vis avec les maisons voisines, et le grand parc qui faisait face à la demeure des Anderson, ne lui facilitait pas la tâche pour appeler au secours. Tant pis ! Elle ne voyait pas d'autre solution que de briser une fenêtre pour sortir. Elle saisit une chaise en bois, et la balança de toutes ses forces, dans l'une des vitres de la véranda. Elle n'en croyait pas ses yeux. La chaise n'avait fait que s'écraser sur la vitre, à peine une fissure. Ivanna ne s'avouait pourtant pas vaincue, comprenant qu'elle risquait fort de ne plus être seule très longtemps. Elle renouvela l'opération avec la fenêtre de sa chambre. Bingo, la vitre avait cette fois-ci cédé sous le choc de la statue en marbre qu'elle avait choisi pour l'exploser.

Elle débarrassa les éclats de verre pour ne pas se blesser en passant par la fenêtre. Ça y'est, elle était dehors. A peine les deux pieds posés sur la terrasse, que le moteur d'une voiture se fit entendre. C'était Connor qui revenait ! C'était pourtant l'heure du déjeuner, et il devrait être au restaurant à cette heure-là, pensa aussitôt Ivanna.

Elle devait profiter du temps qu'il mette pour entrer dans la maison, pour faire le tour de la bâtisse et rejoindre le portail à l'entrée du parc. Elle transpirait de peur, avança lentement en longeant les murs en s'assurant de ne pas faire de bruit. Il n'y avait aucun bruit. Où était-il donc ?

La réponse était là. Prise d'un sentiment que quelqu'un l'observait, elle n'eut pas le temps de se retourner, qu'elle se retrouva un tissu puant sur la bouche…

De vous à moi, je pensais sincèrement que ce genre de truc flippant, n'existait que dans les livres ou au cinéma. Je ne sais pas comment ce jour-là, j'avais réussi à réagir aussi vite en tentant de trouver une solution pour m'enfuir. D'accord, ça n'a absolument pas fonctionné pour moi.

Mai 2015, quelques semaines plus tard.

Dans un bar du marais, à Paris, Yuriy et Klara se retrouvèrent pour y déjeuner, et étaient tous deux très inquiets de ne pas avoir de nouvelles d'Ivanna. Le dernier message de leur amie, leur précisait juste qu'elle partait quelques jours avec la famille Anderson, et qu'elle les appellerait à son retour. Il était clair que pour Yuriy et Klara, tout cela ne ressemblait pas à Ivanna. Elle n'avait jamais manqué leur appel du dimanche, et lors de leurs derniers échanges, elle leur avait bien précisé que tout aller bien.

Les deux complices décidèrent d'appeler les parents d'Iva, pour s'assurer qu'ils avaient bien de ses nouvelles, et qu'ils étaient justes en train de s'inquiéter en vain.

- Tu-t'inquiètes sûrement pour rien Yuriy, lui répondit Oxana. Ivanna nous a appelé la semaine dernière, et rien ne m'a semblé anormal.

Après avoir été plus ou moins rassurés par la mère d'Ivanna, Yuriy envoya tout de même un message à son amie. Quelques minutes plus tard, le bip de son téléphone lui indiqua un nouveau message :

« Tout va bien, je t'appelle bientôt, je t'embrasse, Ivanna. »
- C'est un peu short comme réponse, réagit le jeune homme, un peu surpris. Et depuis quand, elle signe ses messages par son prénom en entier ?

- J'avoue que c'est bizarre, mais tu ne crois pas que l'on dramatise là ? reprit Klara.

- J'en-sais rien, mais ça ne ressemble pas à Iva, de ne donner aucune nouvelle pendant des semaines, et de répondre avec un message aussi impersonnel.

A Hammersmith, il y avait une autre personne qui s'inquiétait de ne pas avoir de nouvelles de son amie. Profitant d'une sortie avec les enfants de Sarah GUENING, Carolina décida de faire une halte chez les Anderson, pour s'assurer que son amie allait bien.

La grille du parc était fermée. Elle se dirigea vers l'interphone, espérant que quelqu'un lui réponde.

- Oui bonjour ! annonça la voix de Tracy Anderson.

- Bonjour Tracy, c'est Carolina. Est-ce qu'Ivanna est là ?

La porte du portail s'ouvrit. Tracy ne lui avait pas répondu directement, mais si elle était invitée à entrer, c'est certainement que son amie était là.

Carolina arriva devant l'entrée de la maison, et elle eut juste le temps de sortir de sa voiture avant que Tracy ne sorte pour la rejoindre.

- J'espère que je ne vous dérange pas, Tracy, je venais prendre des nouvelles d'Ivanna.

- Oui c'est normal, je comprends, et tu as bien fait de passer. Ivanna a dû rentrer quelques jours en Ukraine. Il y a eu un décès dans sa famille, c'est certainement pour ça que tu n'as pas de nouvelles.

- En effet, je comprends mieux. Savez-vous quand elle rentrera ?

- Elle doit nous tenir informés, mais elle nous a aussi laisser entendre, qu'il était fort possible, qu'elle ne revienne pas.

- Ha ! C'est grave à ce point ? D'accord, j'espère sincèrement qu'elle pourra revenir terminer son année ici. Je vous remercie Tracy, et encore désolée de vous avoir dérangé. On se voit demain au bureau, bonne journée.

Carolina repartit un peu dépitée d'apprendre qu'elle ne reverrait peut-être pas sa nouvelle amie.

Quelques semaines plus tard, alors que l'entourage d'Ivanna, ainsi que ses amis Klara et Yuriy, n'avaient de nouvelles de la jeune fille que par messages, chacun s'inquiétait qu'elle ne prenne plus le temps de les appeler, comme elle avait l'habitude de le faire chaque semaine.

Dans les bureaux de « Fashion Life », Tracy préparait une petite réunion avec ses collaborateurs, et tous avaient constatés que la morphologie de leur patronne avait légèrement changée.

Une fois que toute l'équipe fut installée autour de la grande table de débriefing, Tracy ne tarda pas plus à lever le mystère de sa nouvelle apparence.

- Je ne vais pas tourner autour du pot, dit-elle, arborant un sourire radieux. Je vais devoir réorganiser le fonctionnement du magazine, et déléguer à chacun d'entre vous, un peu plus de tâches et de responsabilités. Je suis enceinte !

Comment ne pas réagir positivement à une aussi bonne nouvelle. Chaque collaborateur félicita Tracy, et prit connaissance de la nouvelle organisation, pour les quelques mois à venir. Même Carolina qui partageait pourtant le quotidien de Tracy au sein du magazine, se vit un peu surprise par cette nouvelle, pensant qu'en qualité d'assistante, sa patronne aurait peut-être pu prendre la peine de la prévenir la première.

Quelques jours plus tard.

Dans la maison des Anderson, tout semblait normal. Tracy, Connor et Brian passaient à table, et comme tous les dimanches, c'est le père de famille qui avait cuisiné le repas dominical. Une fois le déjeuner terminé, Tracy dressa un plateau repas, en prenant soin de dresser une assiette équilibrée, accompagnée de deux comprimés. Mais à qui était donc destiné ce plateau ?

Tracy affichait un ventre de plus en plus rond, et tout en se passant les mains sur son petit bidon, elle demanda à Brian :

- Est-ce que tu veux un petit frère ou une petite sœur ?

- Une petite sœur ce serait bien, mais un petit frère serait bien aussi ! Je pourrais jouer au foot avec lui, répondit le petit garçon, ravi de savoir qu'il ne sera bientôt plus seul, pour jouer dans le jardin.

Du côté de la famille Rybak, Bohdan et Oxana avaient pris l'habitude de recevoir des messages réguliers de leur fille, qui leur envoyait aussi des petites vidéos de son quotidien. Mais leur frustration de ne pas pouvoir parler en direct avec elle, se faisait de plus en plus grande.

Même constat pour Klara et Yuriy, qui ne comprenaient pas que leur amie soit devenue aussi distante. Dans à peine trois mois, Ivanna aurait terminé son année de jeune fille au pair en Angleterre, tout comme pour Klara qui quitterait Paris, pour rentrer chez elle en Ukraine. Klara espérait sincèrement qu'elle allait pouvoir retrouver Ivanna dans de bonnes conditions. Elles étaient amies depuis leur enfance, et Klara ne tenait pas à juger l'absence de communication de son amie, depuis plusieurs semaines.

Il n'en était pas de même du côté de Yuriy, qui, partagé entre l'inquiétude et le fait que son amie ne respecte pas leur promesse de s'appeler chaque semaine, commençait à devenir un peu amer, et ce sentiment ne lui convenait pas.

Tout cela ne ressemblait définitivement pas à Iva, et il ne parvenait pas à se convaincre qu'elle puisse les zapper, Klara et lui, et qu'elle ne prenne même plus la peine de répondre à leurs appels.

Mais que pouvait-il bien faire contre ça ? Il était coincé à Paris, son année d'étude s'achevait en juin, et il était censé rentrer tout l'été en Ukraine pour travailler dans l'entreprise de son père. Il allait pourtant bien falloir se résoudre à attendre le mois de septembre, qu'Ivanna regagne elle aussi le cercle familial, pour enfin la retrouver.

Juillet 2015.

Pendant que toutes les personnes qui lui étaient chers, continuaient de s'inquiéter de ne pas avoir plus de nouvelles d'elle, Ivanna se baladait dans le parc de la maison d'Hammersmith, en compagnie de Tracy, qui avait pris un congé, profitant d'un joli soleil d'été.

- Qu'allez-vous faire, une fois que votre bébé sera là ? demanda Ivanna à Tracy.

- Prendre quelques semaines avec mon bébé, et ensuite je reprendrais le travail.

- Et moi ?

- Toi ? Tu rentreras chez toi ! Tu reprendras le cours de ta vie, et tu oublieras tout, c'est dans ton intérêt, ne l'oublie pas.

- Par-contre, il va vraiment falloir que j'appelle ma famille et mes amis ! Ils commencent tous à s'inquiéter, et si je ne le fais pas rapidement, certains d'entre eux pourraient bien débarquer ici sans prévenir.

- D'accord, tu pourras le faire demain, mais sous certaines conditions, répondit Tracy, d'un ton limite dictatoriale.

Voilà presqu'un mois que Yuriy était rentré à Kharkiv, pour travailler auprès de son père. Même s'il était toujours impatient de revoir Ivanna, et qu'il s'était fait une raison sur le fait qu'elle ne donne plus de nouvelles aussi régulièrement qu'avant, il sursauta, très étonné, lorsque son téléphone sonna, en indiquant un appel en provenance d'Ivanna. Il saisit son portable en quelques secondes, impatient d'entendre ce que son amie allait bien pouvoir lui raconter.

- Ha quand même, je n'attendais plus de tes nouvelles, qu'as-tu à dire pour ta défense mademoiselle Rybak ?

- Ho arrête Yuriy ! Je suis désolée, c'est juste que ces derniers mois ont été très intenses. Mais tu vois, je t'appelle enfin !

- Ne t'inquiète pas, je suis très content de t'entendre ma belle.

- Moi aussi, ça me fait tellement plaisir d'entendre ta voix. Où es-tu ? Toujours à Paris, ou rentré au pays ?

- Je suis rentré depuis trois semaines, mon père comptait sur moi pour travailler avec lui pour l'été. Et toi ? Tout se passe comme tu le souhaitais ?

- Oui, je suis ravie, dit Ivanna d'un ton suffisamment convaincant, pour que Yuriy soit rassuré, avec Tracy assise près d'elle, à vérifier qu'elle ne dise rien de trop dans sa conversation.

- J'ai hâte que tu rentres tu sais, lui confia Yuriy, du ton affectueux qui le définissait si bien.

- Oui moi aussi j'ai hâte de vous retrouver, encore quelques semaines de patience, et nous serons à nouveau réunis.

- J'espère que tu ne nous laisseras plus sans nouvelle d'ici là !

- Non promis, je vous appellerai aussi souvent que possible.

Voilà le jeune homme enfin rassuré de savoir que son amie ne l'avait finalement pas oublié, et que tout allait bien pour elle.

Chez les Anderson, une fois sa communication terminée avec Yuriy, Ivanna qui avait pris énormément sur elle pour paraitre naturelle, remit son téléphone portable à Tracy, qui le saisit et quitta la chambre de la jeune fille, en lui précisant une chose :

- C'était parfait ! Si tu te conduis ainsi à chaque fois, tu pourras appeler ta famille et tes amis aussi souvent que tu veux.

Si seulement elle pouvait avancer le temps de quelques semaines, et sortir enfin de ce cauchemar. Ivanna savait très bien que le plus dur restait à faire avant de quitter l'Angleterre, avec autant d'empressement qu'elle en avait lorsqu'elle avait fait le voyage dans l'autre sens.

Des semaines et des semaines à se sentir emprisonnée, à contenir ses larmes chaque fois qu'elle parlait au téléphone avec ses parents, et à masquer son désarroi lors de ses conversations vidéo avec ses amis.

L'été se passa, et le mois de septembre pointait enfin son nez. C'était bientôt l'heure de la délivrance pour Ivanna. C'était bientôt aussi le moment pour Klara, Yuriy et la famille de la jeune fille, de la retrouver enfin.

Yuriy qui avait pourtant beaucoup apprécié son expérience à Paris, et qui pourrait avec l'appui de ses parents, repartir une année supplémentaire à la Sorbonne, préféra reprendre le cours de sa vie et poursuivre ses études, chez lui, à Kharkiv.

Ne sachant pas à quelle date exactement, Ivanna prévoyait de rentrer au pays, chacun s'impatientait et se hâtait de lui préparer un accueil festif pour son retour parmi eux. Avec la complicité de la famille d'Ivanna, Yuriy et Klara organisaient déjà une petite fête pour leurs retrouvailles. Alors que le moment était pourtant venu de rentrer chez elle, et que tout le monde l'attendait, Ivanna contacta ses proches, ainsi que ses deux amis, pour les prévenir qu'elle ne serait de retour qu'à compter du mois d'octobre, prétextant vouloir encore profiter de la vie londonienne pendant quelques semaines supplémentaires, avant de rentrer.

Une nouvelle qui se chargea de décevoir tous ceux qui l'attendaient plus que jamais, mais qui réussit de convaincre pourtant chacun d'entre eux. Soit, si tel était son souhait, ils ne pouvaient malheureusement que le respecter.

C'est à la mi-septembre, dans les bureaux de « Fashion Life », que Carolina organisa un petit pot entre collègues. La jeune fille ayant été désignée par Tracy Anderson, pour faire une petite annonce, avant le retour de la patronne dans quelques jours.

- Coucou tout le monde, annonça avec la timidité de son jeune âge, l'assistante de Tracy. Je pense que vous vous doutez, les uns et les autres, de la raison de ce petit pot improvisé, et je suis ravie, à la demande de Tracy, de vous annoncer qu'elle vient de donner naissance à une petite fille, en pleine santé, et que cette petite fille se prénomme « Victoire ». Tracy sera de retour parmi nous d'ici une quinzaine de jours, et pour ceux qui le souhaitent, j'ai mis en place une cagnotte pour l'arrivée de sa petite fille, et nous ne manquerons pas de fêter cela avec elle, dès son retour.

Tous les collaborateurs de Tracy applaudirent comme il se devait de le faire, suite-à l'annonce d'une telle nouvelle, mais étaient aussi pressés de reprendre leur travail, sans les responsabilités que leur avait confié Tracy avant son départ.

Chapitre 6 / Le retour

Octobre 2015.

C'était le dernier week-end à Londres pour Ivanna. C'est dès le dimanche qui arrivait, qu'elle repartirait pour Kharkiv par le biais d'un vol de nuit, réservé par Tracy et Connor. Le dimanche matin, alors que la jeune fille faisait le tour de sa chambre, qu'elle n'allait pas du tout regretter, et qu'elle préparait ses valises, que Tracy lui amena un carton, dans lequel elle retrouva son téléphone portable, la tablette si gentiment offert par ses hôtes, ainsi que son passeport et une enveloppe.

En arrivant un an plus tôt, et en découvrant l'environnement dans lequel elle allait évoluer pendant plusieurs mois, elle ne se doutait pas qu'elle serait en fait terriblement pressée de retrouver sa petite chambre dans la maison de ses parents.

Ce matin-là, Brian refusa catégoriquement de sortir du lit. Ivanna qui avait eu très vite de l'affection pour le petit garçon, et qui était certainement le seul qui allait lui manquer, se dirigea vers sa chambre, pour débloquer la situation.

- Et alors mon bonhomme ! Pourquoi refuse-tu de te lever ce matin ?

- Parce que tu vas partir, et que je ne veux pas que tu t'en ailles.

- Mais on se reverra, et puis tu sais, moi aussi j'ai besoin de revoir mon papa et ma maman.

- Je sais, mais qui va jouer avec moi maintenant ?

- Ton papa, ta maman, et puis bientôt tu pourras aussi jouer avec ta petite sœur.

- C'est-pas vrai ! Maman passe tout son temps avec elle, et papa est toujours au travail.

- Tu es un grand garçon, il faut que tu sois un peu plus fort que ça. Dès que Victoire sera un peu plus grande, tu verras que ta maman pourra à nouveau s'occuper de toi, et jouer à nouveau comme avant. Tu veux bien te lever et venir me faire un câlin ?

Ivanna n'était pas certaine d'avoir été très convaincante avec Brian, mais que pouvait-elle faire de plus ? Dans quelques heures elle serait de retour chez elle, et elle ne serait plus là pour le rassurer.

Ce dimanche vers vingt-deux heure. Le moment de partir pour l'aéroport avait sonné. Seul Connor se prépara à accompagner Ivanna à « Heathrow Airport », Tracy s'étant retirée dans sa chambre avec ses deux enfants.

Quelques minutes plus tard, Sarah GUENING, rentrait d'une sortie au restaurant, et tout en passant devant la résidence des Anderson, aperçut une berline noire franchir le portail. Elle lança machinalement un petit signe de la main, en direction du conducteur, qui sembla l'ignorer ou ne pas l'avoir vu. Bizarre pensa-t-elle alors.

Ivanna, dissimulée par les vitres fumées à l'arrière de la voiture, avait quant à elle, bien capté le signe lancé par Sarah GUENING. Elle eut alors le cœur serré en pensant qu'elle n'aura même pas pu lui dire au revoir, pas plus qu'à Carolina, qui la pensait rentrée chez elle depuis longtemps.

Vingt-trois heure. C'est l'heure à laquelle Connor déposa Ivanna jusque devant l'entrée des départs de l'aéroport. Son vol n'était prévu qu'à 6h le lendemain matin, et elle allait devoir passer toute la nuit à compter les heures qui la séparaient encore de sa famille. Connor et Tracy, n'avaient pas trouvé meilleur mépris, que de la déposer là comme un vieux baluchon, et lui imposer de passer une nuit entière à l'aéroport.

Non mais quel bâtard ! Il m'a quasiment jeté de la bagnole ! Depuis le premier jour où je suis arrivée ici, je savais que ce type était un gros pervers. Je revois encore ses yeux vicieux qui me matent dans le rétroviseur de son 4x4 pourri. Bein là j'ai tout gagné. Je viens d'être déposée tel un sac de patates à l'entrée de l'aéroport, et devoir me trouver un banc pour attendre mon avion. Tu parles d'un conte de fée !

Le lendemain matin, le départ de la jeune Ukrainienne n'était plus qu'un lointain souvenir pour Tracy Anderson, qui après avoir déposé Victoire à la crèche, et Brian à l'école, s'apprêtait à reprendre ses fonctions, au sein de « Fashion Life ».

Elle le craignait, elle le redoutait, mais c'est contraint et forcé, qu'elle s'arma d'un sourire commerçant, en arrivant sur son lieu de travail, et trouva un comité d'accueil qui l'applaudissait, et qui lui avait réservé un petit-déjeuner pour fêter son retour.

Une fois ce moment d'obligations terminé, elle regagna son bureau, suivie de Carolina qui l'accompagnait afin de lui faire un petit débriefing des derniers évènements.

- Comment va votre petite fille, lui demanda-t-elle poliment.

- Très bien, je vous remercie Carolina.

- Vous lui avez trouvé une nounou, ou avez-vous une nouvelle jeune fille à la maison ?

- Une nouvelle jeune fille ? Alors ça sûrement pas !

- C'est à cause d'Ivanna ? Vous n'avez plus de ses nouvelles ?

- Moi non, et si vous en avez, je ne tiens pas à les connaitre. Et si on se mettez au travail ?

Quel dragon, pensa intérieurement Carolina.

Les retrouvailles

10h à l'aéroport international de Kharkiv, Ivanna franchit la porte des arrivées, pensant y trouver sa famille. C'est un véritable comité d'accueil qui l'attendait, muni d'une immense banderole sur laquelle était inscrit : « Bienvenue chez toi Ivanna ».

Sans être certaine que c'était cette jolie intention qui la bouleversait, ou simplement la pression des derniers mois qui retombait, elle éclata en sanglots, laissant tomber ses valises sur le sol, pour courir se réfugier dans les bras de sa mère, qui ne put, elle non plus, retenir ses larmes.

Pavlo, son petit frère, ainsi que ses deux sœurs, Mikayla et Luba étaient là, tout comme Klara et Yuriy, qui n'auraient manqué ce moment pour rien au monde.

Emmitouflée dans un grand manteau de laine, rien ne laisse apercevoir les nouvelles formes de la jeune femme. Seules, ses joues un peu plus potelées qu'avant, attirèrent le regard de sa maman, et pas que.

Mais le moment de la titiller sur son changement d'apparence serait pour plus tard. Oxana préféra enlacer sa fille chérie, qu'elle n'avait pas vu depuis un an.

- Mais où est papa, demanda Ivanna à sa mère, très surprise de ne pas le voir près d'elle.

- Il aurait tant voulu être là, mais tu sais ce que c'est, il n'a pas réussi à convaincre son contremaitre à l'usine, de l'autoriser à être absent aujourd'hui. Tu le verras ce soir ton papounet !

Sa mère pensait certainement que sa fille ignorait tout du licenciement de son mari, un an plus tôt. Alors même si l'envie de lui avouer qu'elle savait tout, Ivanna n'aura pas longtemps à attendre, pour comprendre que sa mère venait de lui mentir avec un aplomb déconcertant, mais pour une autre raison.

Dès la sortie de l'aéroport, un klaxon retentit, warning et feux allumés, Bohdan n'était effectivement pas à l'usine, mais au volant d'un minibus spécialement réservé pour le retour de sa fille, et qui allait emporter tout ce petit monde dans un endroit encore secret.

Ivanna fondit à nouveau en larmes, en apercevant son papa, hyper heureux de la voir rentrer.

Il était encore très tôt ce jour-là, mais l'ambiance de fête, portée par l'enthousiasme de tous ses proches, donna à Ivanna un peu de répit, lui laissant penser que les mauvais jours étaient désormais derrière elle, et qu'elle allait pouvoir reprendre le cours de sa vie, et oublier.

C'est dans un restaurant situé en campagne, que les parents de la belle avaient choisi de fêter le retour de leur fille. Une fois arrivés sur les lieux de la fête, un autre comité d'accueil attendait Ivanna, avec ses grands-parents, quelques anciens amis de l'université de Kharkiv, ainsi que tout le reste de la famille, oncles, tantes, cousins et cousines.

Non mais c'est-pas vrai ! Pourquoi ils ont fait ça ? Je voulais juste retrouver ma chambre et que tout le monde me foute la paix. Et-bien allons-y, en route pour le bal aux sourires forcés.

La journée allait se passer tel une soirée d'anniversaire, avec grand buffet et beaucoup d'alcool. Un gâteau qui vint clôturer les festivités, et devant lequel Ivanna resta comme pétrifiée, en voyant que le précieux gâteau était recouvert d'un décor en pâte d'amandes, représentant le drapeau de la Grande-Bretagne.

Une immense angoisse l'envahit, et sans savoir vraiment comment réagir, elle parvint toutefois à masquer son dégout, en affichant un sourire, que Yuriy et Klara remarquèrent comme étant peu convaincant.

- Qu'est-ce qu'elle a, chuchota Klara à l'oreille de Yuriy.

- Je n'sais pas, c'est comme si elle avait vu un fantôme, c'est bizarre.

Le dessert étant maintenant servi, Ivanna se rapprocha de ses parents, ressentant le besoin de mettre fin à la fête.

- Est-ce que l'on peut renter maintenant, je suis fatiguée. Et merci pour la fête, c'était top.

Pourquoi la vue du drapeau anglais sur le gâteau qui était destiné à lui faire plaisir, avait-il provoqué chez Ivanna, une réaction aussi négative, perceptible par ses deux amis qui la connaissent bien.

De retour dans la maison familiale, elle ne tarda pas à aller se coucher, à peine rentrée chez ses parents, suite-à cette longue journée, sans oublier la nuit blanche passée dans l'aéroport.

Le lendemain, Oxana attendra tout de même midi avant de se décider à aller réveiller sa fille. Le souvenir qu'elle ait pu faire une grasse matinée, aussi tard, remontait à avant son départ pour l'Angleterre. Véritable fatigue, ou peut-être simplement le moyen de ne plus ruminer ses souvenirs, seule Ivanna détenait la réponse à ce lever tardif.

Les jours qui allaient suivre seront eux aussi synonyme de sommeil, de moments récurrents, passés à rester dans sa chambre, à ne sortir que par petites périodes très brèves, sans pour autant manifester ni l'envie, ni le besoin de regagner l'université pour y poursuivre son cursus.

Klara et Yuriy, qui étaient tous deux ravis de voir revenir leur meilleure amie, manifestaient encore leur inquiétude, ne parvenant pas à convaincre Ivanna à les accompagner boire un verre, pas plus qu'ils ne comprenaient pourquoi elle tardait autant à reprendre les cours.

Toujours très attentionnée envers sa fille, Oxana s'incrusta un après-midi dans sa chambre, pour tenter de percer le mystère sur cette nonchalance qui ne lui ressemblait pas.

- Coucou ma chérie, je t'apporte un p'tit chocolat comme tu l'aimes.

- Maman, c'est adorable, mais au cas où tu ne l'aurais pas remarqué, j'ai quelques kilos à perdre !

- Tu crois vraiment que je suis aveugle ? Bien sûr que je me suis aperçue que tu avais un peu grossi, mais je ne voulais pas le dire comme ça, gratuitement. C'est à cause de ça que tu es aussi contrariée ?

- Absolument pas ! Pourquoi dis-tu cela ?

- Tu n'es quasiment pas sortie depuis que tu es rentrée, tu n'as pas encore repris l'université, et tu n'accordes même plus de temps à tes amis. Alors oui, je m'inquiète.

- Je te promets que je vais faire des efforts, alors rassure-toi, je vais bien, j'ai juste encore besoin d'un peu de repos.

- D'accord, mais tu sais que tu peux tout me dire, et que si tu as besoin de parler, je suis là.

- Merci maman, je t'aime, et merci pour le chocolat.

Ivanna comprit à ce moment-là, qu'elle ne pouvait pas inquiéter tout le monde comme ça. Elle allait devoir changer d'attitude, afin que tout le monde la laisse un peu tranquille avec ses états d'âme.

Dès le jour suivant, elle envoya un message à Klara et Yuriy pour qu'ils la retrouvent sur les marches de l'université, comme au bon vieux temps.

Avec un peu d'efforts et de bonne volonté, la vie semblait reprendre son cours à Kharkiv. Les soirées du samedi étaient de nouveau au rendez-vous pour les trois amis, et les parents d'Ivanna étaient convaincus d'avoir retrouvé leur fille. L'hiver arrivait peu à peu, proposant ses paysages enneigés, période que la jeune fille n'affectionnait pas particulièrement.

Chapitre 7 / Le chagrin

Décembre 2015.

Ivanna qui continuait d'enfouir tous ses souvenirs, recommença à faire des cauchemars, se retrouvant de plus en plus souvent pétrifiée, et recroquevillée sur son lit, sans réussir à se rendormir. Un dimanche matin, alors que la jolie blonde tardait encore à se lever, Oxana et le reste de la famille rentraient de la messe. S'apercevant que sa fille n'était pas encore réveillée, la mère de famille lui concocta un petit déjeuner complet, et s'apprêta à lui apporter dans sa chambre.

Elle monta les escaliers qui menaient au premier étage, en chantonnant les champs de l'église encore en tête. Elle posa le plateau bien garni sur la console du palier avant d'ouvrir doucement la porte de la chambre de sa fille, d'y entrer à pas de loup, et ouvrir doucement les rideaux qui occultaient la pièce.

C'est un spectacle que jamais une mère ne devrait voir, auquel Oxana se retrouva confrontée. Elle poussa un cri d'horreur, semblant lui arracher le ventre, tout en se jetant sur le lit de sa fille.

Les draps rougis par le sang de son enfant lui firent l'effet d'un coup de poignard. Sa fille était là inanimée, le teint presque bleu, et elle avait beau crier de toutes ses forces, l'inévitable venait de se produire, sa fille était partie.

J'avais beau avoir les poignets ouverts, j'avais beaucoup de mal à infliger cela à ma mère adorée. J'espère juste qu'elle me pardonnera, et qu'elle comprendra mon geste plus tard.

Bohdan, à l'écoute des cris de sa femme, la rejoignit aussitôt à l'étage. Le tableau macabre qui s'offrait à ses yeux était insoutenable, mais le père de famille n'eut pas le temps de se lamenter, ni même d'émettre le moindre cri. Il devait empêcher ses autres enfants, eux aussi affolés par les cris, de monter les rejoindre lui et sa femme.

Le service d'urgences, suivi de la police arrivèrent rapidement sur les lieux. Pendant que le corps de leur fille était emmené vers le seul endroit dans lequel Bohdan et Oxana n'auraient jamais pensé la voir partir, Oxana savait qu'elle devait prévenir Yuriy et Klara, avant qu'ils n'apprennent le drame par une autre personne.

Ivanna était morte. Les veines entaillées à l'aide d'un couteau de cuisine. Pourquoi ? Qu'est-ce qui avait pu amener cette jeune fille si pleine de vie, à commettre l'irréparable ?

Personne ne comprenait. Personne, pas même Klara et Yuriy, inconsolables à l'annonce de cette terrible nouvelle. Mais le jeune homme qui s'était inquiété à plusieurs reprises pour son amie lorsqu'elle était en Grande-Bretagne, ne put s'empêcher d'en tirer une certaine conclusion :

-   C'est l'Angleterre qui l'a tué, j'en suis sûr.

Ivanna n'avait laissé que quelques mots, écrits sur un morceau de papier, certainement trouvé quelques instants avant qu'elle ne se donne la mort.

-   Si un jour vous la voyez, dites-lui simplement que je suis désolée, et que je l'aime.

Mais qui ? De qui parlait-elle ? A la découverte de ce mot qui ne signifiait rien pour Oxana, elle se devait pourtant de le remettre aux services de police. Toute sa chambre était fouillée, ses armoires vidées, son téléphone et sa tablette mis sous scellés.

Leur fille venait de partir en direction de l'institut médico-légal pour y être autopsiée.

-   Pourquoi font-ils ça, se questionna Bohdan, incapable de comprendre pourquoi on allait découper sa petite fille.

C'est l'inspecteur Petro Jarkov qui se présenta aux parents d'Ivanna. Cela n'était semble-t-il qu'une enquête de routine, en attendant l'autopsie, et de pouvoir officiellement conclure au suicide de la jeune femme.

Cet homme d'une cinquantaine d'années, au look de biker, serait selon les rumeurs, un ancien agent du KGB. Le crâne rasé et les bras recouverts de tatouages, Jarkov n'avait pourtant pas l'air d'un monstre, ni d'un ange d'ailleurs. C'est tout en délicatesse et plein d'empathie qu'il s'installa à la table du couple Rybak, pour comprendre ce qui avait pu pousser leur fille à commettre un tel acte.

-   Monsieur et madame Rybak, j'aimerai que vous me parliez de votre fille. Avez-vous constaté un changement de comportement chez elle ces derniers temps ?

-   Ces derniers temps non, bien au contraire ! répondit Oxana, d'une voix pleine de sanglots.

-   Elle était même redevenue plutôt joyeuse.

- Était ? Pourquoi dites-vous cela ? Elle ne l'était plus avant ? Et avant quoi ?

- Depuis qu'elle était rentrée d'Angleterre, Iva avait changé. Elle restait enfermée dans sa chambre, elle ne voyait plus personne, et elle a mis quelques semaines avant de reprendre ses cours à l'université. Quand je l'ai vu ce jour-là à l'aéroport, j'ai tout de suite vu qu'elle avait grossi, et quand je lui en ai parlé, elle m'a juré que ce n'était pas ça qui la contrarié.

- Alors, selon vous, qu'est-ce qui la contrarié ?

- Je ne sais pas inspecteur, si seulement je l'avais su, peut-être que j'aurais pu l'aider, et éviter qu'elle en arrive à faire ce geste.

- Ecoutez, nous allons être obligés de procéder à une autopsie, je sais que ça n'est pas facile, mais nous avons besoin de comprendre, et c'est la procédure.

Dans le même instant, un agent chargé de fouiller la chambre d'Ivanna, interpella Jarkov.

- Inspecteur, venez voir ! Nous avons trouvé quelque chose.

Bohdan et Oxana se regardèrent, inquiets. L'inspecteur Jarkov s'excusa, et partit rejoindre l'agent qui tenait une enveloppe dans les mains.

Il ouvrit l'enveloppe, puis la referma.

- Y'a combien là-dedans ?

- 60 000£, inspecteur.

- Bordel ! C'est-pas un pourboire ça ! D'où vient tout ce fric ? s'interrogea Jarkov.

Il retourna s'assoir près des parents d'Ivanna, pour leur demander s'ils avaient connaissance que leur fille était en possession d'autant d'argent.

Lorsqu'ils découvrirent tous ces billets, Bhodan et Oxana restèrent complétement bouche bée. Que faisait leur fille avec une somme pareille ? C'était complétement insensé.

Jarkov n'insista pas plus. Il s'aperçut en quelques secondes, que les parents d'Ivanna ignoraient que leur fille avait cette somme d'argent, soigneusement cachée dans une paire de bottes.

L'inspecteur de police avait soudain le pressentiment que la jeune fille qui semblait avoir tout pour être heureuse, s'était donné la mort, sans plus d'explication que le mot qu'elle avait laissé près d'elle, et que l'on ne suicide pas sans que quelque chose de très profond, ne vous y contraigne.

Pourquoi n'a-t-elle pas précisé à qui elle pensait avant de passer à l'acte, s'interrogea Petro Jarkov. En attendant le résultat de l'autopsie, il décida de rentrer au commissariat pour y analyser le contenu du téléphone portable, ainsi que la tablette d'Ivanna Rybak. Selon lui, et selon aussi son expérience, tout l'argent retrouvé dans la chambre de la jeune fille, risquait fort d'être le fruit de la prostitution.

Non mais il est sérieux ce flic ! Il ne pense tout de même pas que je suis allé en Angleterre pour y faire la pute. Fait chier ! Je ne suis plus qu'un putain de fantôme, mais si je pouvais, je lui botterais bien le cul à ce connard et ses idées tordues.

Klara et Yuriy n'étaient pas allés en cours aujourd'hui, trop effondrés par la disparition de leur meilleure amie. Ils se retrouvèrent dans le bar qu'ils fréquentaient tous les trois depuis des années, et s'installèrent à leur table favorite, en pensant très fort à Ivanna, dont la place restait désormais vide.

Leur vie à eux ne faisait que commencer, et ils étaient bien conscients qu'ils allaient devoir vivre avec le poids de la mort de leur amie, sans peut-être ne jamais comprendre pourquoi elle avait fait ça.

Mais Yuriy ne pouvait se résoudre et se contenter qu'elle ne soit qu'un souvenir. Pour lui c'est sûr, Ivanna avait traversé quelque chose de grave qu'elle n'était pas parvenue à surmonter, et il était bien décidé à découvrir de quoi il s'agissait.

- Il faut que je parle à la police, dit-il à Klara.

- Mais tu veux leur parler de quoi ?

- Tu as déjà oublié notre séjour en Angleterre l'année dernière ? L'angoisse qu'elle vivait dans sa famille d'accueil à ce moment-là ? Elle nous a peut-être rassuré quelques jours plus tard, en nous disant que finalement tout allait bien, moi je suis persuadé que tout n'allait pas si bien que ça.

- Je n'ai rien oublié du tout, mais je pensais vraiment que c'était suite-à l'hospitalisation de sa patronne, comme elle nous l'avait raconté, et que tout finirait par s'arranger, répliqua Klara, plus du tout convaincue par cet état de fait.

- Alors on doit en parler à la police ! Peut-être que ça n'a rien à voir, mais si je ne fais rien, et que la clé de la mort d'Iva, est là, je m'en voudrais toute ma vie de n'avoir rien fait.

C'était décidé, les deux amis iraient ensemble au commissariat de Kharkiv, rencontrer l'inspecteur chargé de l'enquête.

Chez les Rybak, le petit frère et les sœurs d'Ivanna non-plus n'étaient pas allés à l'école ce jour-là. Chacun des membres de la famille pleurait la disparition de la jeune fille. Des bougies blanches avaient été allumées dans toutes les pièces de la maison. Bohdan et Oxana étaient installés dans la cuisine, et ruminaient sans cesse, le geste de leur fille.

- Pourquoi, pourquoi ? Pourquoi nous n'avons rien vu. Je voyais bien qu'elle était contrariée, et d'où vient tout cet argent, balbutia Oxana, en regardant son mari, qui ne l'écoutait que d'une oreille.

- Je ne comprends pas plus que toi chérie. Peut-être que nous n'aurons jamais ces réponses, mais là on doit rester fort tous les deux, pour nos autres enfants, ils ont besoin de nous.

A Londres, chez les Anderson, chez les Guening, personne ne se doutait du drame qui venait de se produire à des milliers de kilomètres de là. Seule Carolina, repensait souvent à l'amitié naissante avec Ivanna, tout en remettant chaque jour, au lendemain, l'envie de lui envoyer un message pour prendre de ses nouvelles.

Carolina ! Un prénom que l'inspecteur Petro Jarkov releva dans les messages du téléphone portable d'Ivanna, en notant l'ancienneté des derniers messages, bien antérieurs à la mort de la jeune femme. Il nota également les noms de Klara et Yuriy, sans relever de contenu conflictuel.

Rien non-plus dans la tablette. En consultant l'historique de l'appareil, il remarqua une chose qui ne correspondait pas à l'âge qu'avait la jeune fille. Aucune connexion, aucune recherche depuis plus dix mois. Une jeune fille de vingt ans aurait dû selon lui, surtout si elle possédait une tablette de ce prix, en avoir eu un usage casi quotidien. Il nota sa réflexion dans son bloc-notes.

Le rapport d'autopsie d'Ivanna Rybak venait d'arriver dans la boîte mails de l'inspecteur. Il pensait sur le moment que celui-ci contiendrait forcément la conclusion du suicide, et que l'enquête qu'il venait tout juste de commencer, se refermerait aussi vite.

Un clic, et il serait fixé. Enfin ça, c'est ce qu'il pensait juste avant de lire une information qui le persuada aussitôt, que l'enquête était loin d'être terminée.

- Bon, et bien après les billets, j'espère que les parents sont suffisamment armés pour encaisser la nouvelle, sauf si bien-sûr ils étaient au courant, fit-il remarquer à l'agent qui l'assistait pour l'enquête. Aller, en route, on retourne chez les Rybak.

C'est sous la neige et dans le froid glacial de Kharkiv, que Jarkov prit la direction de la maison de la famille Rybak, prenant le temps de réfléchir à la façon dont il allait annoncer ce qu'il venait de découvrir dans le rapport d'autopsie.

- C'est-pas banal cette histoire, lui dit l'agent qui l'accompagnait. Vous pensez que ses parents étaient au courant ?

- Je ne sais pas, mais s'ils l'étaient, j'espère qu'ils auront des réponses à nous apporter, agent Katine.

L'agent de police gara le véhicule dans la petite allée de la maison familiale. Les volets étaient tous fermés, mais la fumée de la cheminée laissait cette odeur qui habituellement faisait du bien en cette saison, et les fêtes de noël qui approchaient.

L'inspecteur choisit de simplement frapper à la porte sans utiliser la sonnette, pour ne pas perturber le deuil de la famille.

C'est Bhodan, qui quelques instants plus tard, se présenta à la porte pour accueillir les deux agents de police.

- Bonjour monsieur Rybak, pouvons-nous entrer ?

- Oui, bien-sûr, je vous en prie.

Oxana proposa un café chaud aux deux hommes, sans savoir ce qu'ils venaient lui annoncer.

- Nous avons reçu les résultats d'autopsie de votre fille. La conclusion du suicide a été confirmée par le médecin légiste. Il y a tout de même une information que je dois vous livrer, et j'aimerais que vous me disiez sincèrement, si vous étiez au courant ou pas !

- Au courant de quoi, demanda Oxana, qui n'avait pas fermé l'œil depuis la mort de sa fille.

- Votre fille a eu un enfant.

- Comment ? Qu'est-ce que vous dites ? Mais c'est impossible, nous l'aurions su !

- A priori oui, mais comment aurait-elle pu cacher une grossesse, ainsi que son accouchement ?

- Quand ? Quand notre fille aurait-elle eu un enfant ?

- Selon les analyses effectuées sur le corps de votre fille, le médecin légiste indique qu'Ivanna a accouché il y a moins de trois mois.

- Mais il y a trois mois elle était encore en Angleterre dans une famille d'accueil, votre médecin raconte n'importe quoi.

- Je comprends que vous soyez sous le choc, madame Rybak, mais les analyses sont formelles. Que faisait votre fille en Angleterre ?

- Elle y était jeune fille au pair depuis un an. Elle devait rentrer en septembre, mais elle a repoussé son retour au mois d'octobre.

- Et vous savez pourquoi ?

- Elle nous avait dit qu'elle voulait encore profiter de Londres avant de revenir au pays.

- Je ne vous cache pas que l'argent trouvé dans sa chambre et sa grossesse cachée, ne m'inspire rien de bon. Nous allons devoir ouvrir une enquête. Auriez-vous les coordonnées de la famille d'accueil en Angleterre ?

- Oui, je dois avoir ça quelque part. Je vais voir.

Oxana revint avec l'adresse de la famille Anderson, noté sur un post-it.

Jarkov et Katine prirent congé des parents de la victime, tout en culpabilisant d'avoir encore plus noirci le tableau, autour de la mort de leur fille.

Jarkov savait qu'il allait devoir maintenant, contacter la police de Scotland Yard, pour leur demander d'enquêter auprès de la famille d'accueil de la jeune femme.

Quelques jours plus tard, dans les bureaux de la police londonienne, Mike Waterwood prenait connaissance du dossier sur la mort d'Ivanna Rybak, une jeune Ukrainienne de vingt ans. A la lecture du rapport d'autopsie, et le compte rendu de l'inspecteur Petro Jarkov, il comprit rapidement que la jeune fille n'avait sans doute pas vécu que des jours heureux pendant son séjour en Angleterre.

Il lança une demande d'ouverture d'enquête auprès du procureur, avant de pouvoir se rendre à l'adresse figurant dans le dossier de la jeune femme en question.

Pour cet homme de trente-deux ans, cette enquête était un peu son baptême. Il venait tout juste d'être nommé inspecteur. Son instinct et son efficacité, mais aussi son audace et son culot, lui avaient permis de participer à d'autres enquêtes en qualité d'officier de police, avec succès et l'admiration de ses supérieurs.

Ses cheveux blonds mi-longs, lui donnaient une allure de surfeur, bien loin de l'idée que les gens se font d'un inspecteur de police, ce qui lui permettait aussi de se fondre facilement dans la masse lors de ses enquêtes.

C'est à l'officier Emily Defente, que Mike Waterwood demanda de l'accompagner, quelques jours plus tard, pour se rendre sur Fulham Road, où se trouvait la maison des Anderson.

L'inspecteur Waterwood connaissait bien ce quartier, il y avait vécu longtemps, et à chaque fois qu'il passait le « Hammersmith Bridge », c'était comme un petit sentiment de nostalgie qui refaisait surface.

- On y est, lui annonça Emily Defente. C'est la maison des Anderson. C'est donc ici qu'aurait vécu la victime pendant un an.

- On peut dire que c'est-pas vraiment une petite bicoque. Je vais voir s'il y a quelqu'un.

Nous étions en pleine semaine, et il était 10h30. N'ayant aucune réponse après avoir sonné à l'interphone, Waterwood reprit ses notes dans lesquelles il avait également indiqué les deux lieux de travail de Tracy et Connor Anderson.

- Lui tient un restaurant à quelques rues d'ici, et elle travaille pour
  « Fashion Life », dont les bureaux sont sur City Road.

- On commence par le mari ? demanda Emily.

- Yes ! Allons voir ce que Mr Anderson sert de bon dans son restaurant.

C'est en effet, à peine quelques rues plus haut, que les deux officiers arrivèrent devant l'établissement « Connor's café ».

- Pas du tout mégalo le gars ! ironisa Mike Waterwood.

La serveuse du restaurant s'avança naturellement vers eux, à peine quelques seconde après qu'ils eurent franchi la porte du restaurant.

- Bienvenus au « Connor's Café », madame, monsieur. C'est pour
  déjeuner ?
- Non, pas pour aujourd'hui, une autre fois peut-être. Inspecteur
  Waterwood de la police de Scotland Yard, nous souhaiterions parler à Mr
  Anderson.

- Un instant, je vais le chercher.

Connor Anderson ne tarda pas à rejoindre Mike et Emily dans la salle de restaurant, encore vide pour le moment.

- Bonjour, je suis Connor Anderson, que puis-je pour vous ?

- Pouvons-nous nous assoir quelque part ?

- Bien sûr, par ici je vous prie.

- Ivanna Rybak, ce nom vous dit quelque chose ?

- Ivanna ! Oui forcément, c'est la jeune fille au pair que nous avons eu
  quelques mois.

- Vous pourriez être plus précis ? Quand est-elle arrivée et repartie
  exactement ?

Connor fait mine de réfléchir un peu, et livra une réponse évasive à Waterwood.

- Elle est arrivée en septembre 2014, et a dû repartir au mois de mai je
  pense.

- Vous ne vous souvenez plus à quelle date votre jeune fille au pair est partie ? Elle n'est pas restée chez vous jusqu'en octobre ?

- Non, pas du tout ! Elle était censée rester jusqu'en septembre, mais suite-à un décès dans sa famille, elle est repartie en mai, en nous précisant qu'elle n'était pas certaine de pouvoir revenir.

- Et quand elle est repartie en mai, comment était-elle ?

- Triste bien sûr, elle venait de perdre un proche.

- C'est vous qui l'avez accompagné à l'aéroport ?

- Non, elle n'a pas voulu. Je ne me souviens plus si elle a pris un taxi, ou le métro. Il faudrait que je demande à ma femme, elle saura certainement plus à même de vous répondre.

- C'est ce que nous allons faire. Elle est sur son lieu de travail aujourd'hui ?

- Tout à fait, je peux l'appeler si vous voulez !

- Non, et je vous demande de ne pas la prévenir de notre visite Mr Anderson.

- D'accord, mais je ne vous ai même pas demandé, pourquoi vous vous intéressez à Ivanna !

- Je ne peux pas vous en dire plus, monsieur. Bonne journée.

Connor sourit aux deux policiers, espérant avoir été convaincant. (Qu'est-ce que cette petite conne a pu faire pour attirer les flics ici ? pensa-t-il intérieurement).

Waterwood nota les éléments de réponse apportés par Connor Anderson, en relevant une première incohérence. La date de départ d'Ivanna Rybak (mai 2015), et la date de son retour à Kharkiv (octobre 2015). Qu'est-ce que cette jeune fille a donc fait entre mai et octobre, si elle n'était plus chez les Anderson, ni rentrée chez elle ?

Tient ! J'ai l'impression que ce flic là sera beaucoup plus efficace que ce lourdaud de Jarkov. En plus il était carrément craquant ! Mais pourquoi il n'est pas venu me secourir plus tôt. Aller Iva, arrête tes hallucinations, on n'est pas dans Cendrillon, le prince charmant ne viendra plus pour t'embrasser.

Pendant ce temps, à Kharkiv.

Yuriy et Klara, se rendaient au commissariat pour rencontrer le responsable de l'enquête, suite-à la mort d'Ivanna.

Petro Jarkov rentrait justement d'une intervention extérieure lorsque les deux jeunes arrivèrent à l'accueil pour se présenter. A l'écoute du nom d'Ivanna Rybak, il les interrompit et les invita à le suivre dans son bureau.

- Je crois savoir que vous étiez des amis proches d'Ivanna, n'est-ce pas ?

- Oui inspecteur, nous étions ses meilleurs amis, confirma Yuriy, un semblant d'amertume dans la voix.

- J'avais relevé vos noms dans la liste de ses contacts récurrents, et je comptais justement vous entendre. Que pouvez-vous me dire sur votre amie ? Avait-elle changé, comme me l'a indiqué sa mère ?

- Oui monsieur, confirma Klara. Quand elle est rentrée d'Angleterre, début octobre, Iva n'était plus la même. Non seulement elle avait grossi, mais elle s'était aussi renfermée sur elle-même.

- Et selon vous, que s'est-il passé dans sa vie pour qu'elle ait autant changé ?

- La même chose qu'il y a un an inspecteur ! ronchonna Yuriy.

- D'accord, mais que s'est-il passé il y a un an, vous pouvez m'éclairer un peu plus ?

Yuriy soupira, pour tenter de se calmer, avant de commenter leur séjour à Londres, presqu'un an plus tôt.

- Avec Klara, nous avions décidé de faire une surprise à Iva, pour passer les fêtes de fin d'années avec elle, l'année dernière. Nous ne l'avions pas vu depuis trois mois, et elle nous a confié son quotidien chez la famille Anderson. D'après ce qu'elle nous a dit à ce moment-là, sa patronne avait changé de comportement avec elle, et été devenue exécrable. Son mari aussi avait changé, mais lui, c'était l'inverse. Il était devenu extrêmement distant, et ne la calculait presque plus.

- Que vous a-t-elle dit d'autre sur cette famille ?

- Pas grand-chose d'autre, à vrai dire. Nous avons essayé de la rassurer, en lui disant que ça n'était sans doute qu'un moment temporaire, et que tout finirait par redevenir normal. Alors, elle a changé de sujet en nous disant que nous avions certainement raison, et qu'elle se faisait sans doute du mauvais sang pour rien. Nous n'en avons plus parlé, et quand nous sommes repartis pour Paris, Klara et moi, elle est rentrée chez sa famille d'accueil, puis nous a envoyé un message pour nous rassurer. Je peux vous le montrer si vous voulez, je l'ai gardé.

- Oui, allez-y, montrez-moi ce message, demanda Jarkov.

Yuriy lui tendit son téléphone, qui afficha le message d'Iva :

« Finalement, tout va bien ! Je vous aime, bisous ».

- Ce message ne prouve pas grand-chose !

- Si ! s'énerva à nouveau Yuriy. Elle met « finalement », ça veut bien dire qu'à la base elle s'attendait à rentrer, et de retrouver la même ambiance qu'avant de partir pour les fêtes !

- Ecoutez jeunes gens, je vais indiquer tout ce que vous venez de me dire, dans le suivi d'enquête, à l'intention de la police londonienne. Mais j'aimerais que vous me parliez d'une période un peu floue, dans la vie de votre amie Iva.

- De quelle période floue parlez-vous ? interrogea Klara.

- Celle entre mai 2015 et octobre 2015.

- Je ne comprends pas ! A cette période, elle était encore dans sa famille d'accueil !

- Vous l'avez eu au téléphone pendant cette période ? Vous a-t-elle envoyé des photos ou des vidéos ?

- Non, juste quelques appels téléphoniques, que je qualifierai, d'éclairs ! Elle était devenue distante, et ne nous appelait quasiment plus. En tous cas, beaucoup moins qu'avant.

- Donc rien ne peut confirmer l'endroit où elle se trouvait vraiment, entre mai et octobre ?

- Mais qu'est-ce que vous cherchez à faire inspecteur, bondit tout à coup Yuriy. Vous voulez dire qu'elle a menti à tout le monde et qu'elle n'était plus à Londres ?

- C'est exactement ce que la police de Londres vérifie en ce moment, précisa Jarkov, avant de vérifier un dernier point, auprès des deux amis d'Ivanna. J'ai encore une question, et je veux que vous me répondiez sincèrement ! Inutile de me mentir, car si c'est le cas, je finirai par m'en apercevoir.

- Allez-y, c'est quoi votre question ?

- Le médecin légiste, a indiqué dans son rapport, qu'Ivanna avait accouché d'un enfant il y a moins de trois mois.

Yuriy et Klara pensèrent sur le moment, que tous deux avaient mal compris ce que venait de leur annoncer l'inspecteur de police. Klara attrapa le bras de Yuriy, et demanda à Jarkov de répéter.

- A priori je vous l'apprends, n'est-ce pas ?

- Bien sûr que vous nous l'apprenez, s'exclama Yuriy, complétement bouleversé par une telle annonce. Si Iva avait été enceinte, elle nous l'aurait dit ! Enfin je crois.

Le doute envahit l'esprit du jeune homme, tout comme celui de Klara qui éclata en sanglots.

- Pourquoi on ne s'est aperçu de rien ? Pourquoi elle ne nous a rien dit ?

- Encore une question à laquelle on tente de trouver une réponse, répondit Jarkov.

C'est encore plus dévasté qu'avant leur passage au commissariat, que les deux amis ressortirent sans savoir qui était devenue Iva.

Chapitre 8 / Duo de flics

Plus tard, à Londres sur City Road.

Waterwood et l'agent Defente arrivaient dans les locaux de « Fashion Life », pour y interroger Tracy Anderson.

Même si l'agent de police Emily Defente frétillait d'être dans les bureaux de l'un de ses magazines préférés, elle gardait néanmoins son professionnalisme avant de se retrouver face à sa directrice.

C'est Mike Waterwood qui commença à questionner la working girl. Il reçut également en direct depuis Kharkiv, les nouveaux éléments récoltés par l'inspecteur Jarkov.

- Madame Anderson, est-ce que vous-vous entendiez bien avec Ivanna Rybak ?

- Plus que bien oui ! Nous l'avons accueillie comme il se doit, et notre fils Brian l'aimait beaucoup. Nous avons été très déçus qu'elle reparte de manière aussi pressée.

- A cause d'un décès dans sa famille, si nos informations sont exactes ?

- C'est la raison qu'elle nous a donné, en effet.

Tracy Anderson ne laissa échapper aucun signe de doutes, et ne se laissa pas déstabiliser par les deux agents.

- Combien d'enfants avez-vous, madame Anderson ?

- Deux ! Un garçon, et une fille.

- Vous nous disiez à l'instant, que votre fils Brian, c'est ça ?

- Oui, c'est cela.

- Que Brian, aimait beaucoup Ivanna, et votre fille ?

- Ma fille n'a que quelques mois, elle est née après le départ d'Ivanna. Elle ne l'a pas connu.

- Quel âge a votre fille exactement ?

- Trois mois ! Pourquoi est-ce si important ?

- Justement, je note l'information, l'avenir nous dira si son âge est important ou pas.

Tracy Anderson resta froide, tout en précisant aux agents qu'en cas de besoin, elle restait disponible, bien entendu.

- Vous l'avez trouvé comment ? demanda Emily à Mike.

- Un vrai glaçon ! A côté d'elle, Anna WINTOUR est un agneau ! J'aurais besoin que vous-vous penchiez sur l'état civil de ses deux enfants. Vérifiez aussi dans quel établissement elle a accouché, et tout particulièrement pour mettre sa fille au monde !

- Très bien je m'en charge inspecteur !

A quoi pensait Waterwood, en lançant ses premières vérifications ? Il allait devoir attendre que l'agent Defente revienne avec les réponses, avant de poursuivre ses investigations, chez la famille Anderson.

- Je vous laisse aller vérifier tout ça, moi je repars faire un tour du côté de Fulham Road, précisa-t-il à sa partenaire.

Waterwood se faisait presque un petit plaisir de retourner à Hammersmith, prenant le temps de longer la Tamise, et de contourner le jardin botanique, qu'il avait traversé à de nombreuses reprises dans le passé.

L'inspecteur de police savait très bien qu'en retournant vers le domicile des Anderson, il n'y trouverait personne. La journée étant loin d'être terminée, le couple était encore certainement au travail à cette heure-là. Mais c'est justement une enquête de voisinage que prévoyait de faire Mike Waterwood, pour le moment. Il savait aussi par expérience, que la curiosité, parfois même la jalousie et la méchanceté, font que les voisins lâchent certaines informations qui peuvent être importantes dans une enquête de police.

Tous les voisins n'ouvraient pas pour autant leur porte lorsqu'ils voyaient un inconnu se présenter devant chez eux. Après plusieurs échecs, et quelques témoignages un peu farfelus, il arriva devant la maison de Sarah GUENING, et sonna sans savoir si quelqu'un lui répondrait.

C'est une jeune fille d'une vingtaine d'années avec un accent qu'il ne parvint pas à définir, qui se présenta à lui.

- Bonjour mademoiselle, je suis l'inspecteur Waterwood, de la police de Scotland Yard. J'enquête sur la disparition d'une jeune fille, qui semble-t-il, a vécu dans le quartier quelques temps. Il accompagna son discours, en présentant la photo qu'il avait reçue d'Ukraine.

La jeune fille ne put cacher son étonnement de revoir le visage d'Ivanna, avec laquelle elle avait partagé quelques soirées, et qui commençait à devenir une amie.

- Elle a disparue ? demanda d'abord Carolina.

- Vous la connaissez ?

- Oui, c'est Ivanna, la jeune fille au pair des Anderson ! Que lui est-il arrivé ?

- Vous voulez bien me parler d'elle, s'il vous plait ?

- Je ne l'ai pas connu très longtemps, mais nous étions devenues amies. J'étais encore jeune fille au pair, ici dans cette maison quand je l'ai rencontré.

- Et que s'est-il passé ? Vous-vous êtes fâchés toutes les deux ?

- Absolument pas, s'offusqua légèrement Carolina. Elle est repartie chez elle en Ukraine, et je n'ai même pas eu l'occasion de lui dire aurevoir.

- Alors comment savez-vous qu'elle est repartie en Ukraine ? C'était quand ?

- C'est ma patronne qui me l'a dit, si je me souviens bien, c'était en mai.

- Votre patronne ?

- Tracy Anderson ! Je travaille avec elle au magazine.

- Très bien. Je ne vais pas vous ennuyer plus longtemps mademoiselle. Je vous laisse ma carte, si vous-vous souvenez de quelque chose en particulier, appelez-moi.

-   Comptez sur moi inspecteur, je n'y manquerai pas.

Elle est vraiment Top cette fille. Qu'est-ce que j'ai pu me marrer avec elle. Heureusement qu'elle était là pour me changer les idées. Elle aussi a eu plus de chance que moi en tombant chez Sarah GUENING. Bon, inutile de faire ma jalouse, c'est trop tard. Elle va vachement me manquer cette nana.

Carolina n'aurait jamais imaginé devoir répondre à une enquête de police, sur le perron de cette maison, et encore moins concernant l'une de ses connaissances. Elle commença à comprendre pourquoi elle n'avait jamais eu de nouvelles d'Ivanna.

Waterwood prouva une fois de plus que l'enquête de voisinage portait souvent ses fruits. Il n'aurait sans doute jamais rencontré cette jeune fille, s'il n'avait pas fait le tour du quartier.

Il décida de retourner au commissariat, en espérant qu'Emily Defente aura réussi à obtenir les informations qu'il lui avait demandé.

Le lendemain, à Kharkiv.

La raison du suicide d'Ivanna n'était peut-être pas encore élucidée, ses funérailles allaient néanmoins avoir lieu le lendemain.

Bohdan et Oxana avaient beaucoup de mal à refaire surface, et à envisager qu'ils allaient devoir, dans quelques heures, enterrer leur fille ainée.

Yuriy restait cloitré dans sa chambre, incapable de penser à autre chose, ni comment il allait faire pour reprendre le cours de sa vie, ainsi que celui de ses études. Mais avant de dire adieu à celle qu'il considérait comme une sœur, une confidente, il se repassa toutes les photos de la belle, le cœur gros et les yeux mouillés, jusqu'à finalement s'endormir.

Sa nuit ne sera faite que de cauchemars, il sentit même Ivanna qui était là, juste près de lui, un bébé dans les bras. Elle lui chuchotait à l'oreille : « S'il te plait, prends soin d'elle, c'est comme un petit-moi ! »

Il avait beau tenter de se réveiller, Iva était là partout, à chaque instant : « Yuriy ! Prends soin d'elle, prends soin d'elle ». Il finit par se réveiller en sursauts, le front dégoulinant, et le tee-shirt trempé : « Iva ? »

« Alors c'est vrai ? Tu as eu un enfant, mais où est-il ? se surprit-il à penser, tout en sortant de son cauchemar.

Que devait-il faire ? Devait-il retourner en Angleterre pour tenter de comprendre ce qui était arrivé à son amie ? Il devait à tous prix se rendormir, s'il continuait de ruminer, son cerveau risquait d'exploser.

Le lendemain matin, tous les proches d'Ivanna Rybak étaient réunis à l'église St Georges, celle dans laquelle la jeune fille avait été baptisée, et aimait aussi y revenir pour se retrouver et réfléchir.

Une messe traditionnelle qui se déroula en toute intimité, suivie d'une marche en direction du cimetière, et un lancer de roses blanches. Dans quelques minutes, Ivanna allait définitivement disparaitre sous terre, sa famille et ses amis lui firent un dernier adieu.

L'inspecteur Petro Karkov assistait de loin à la cérémonie, préférant ne pas perturber l'entourage de la jeune fille, mais aussi pour observer le comportement de chacun.

Ce jour-là, il ne trouvera rien de suspect qui pourrait venir alimenter le dossier de son enquête. Pour lui, c'était terminé, l'enquête revenait officiellement à la police de Londres, jusqu'à ce que peut-être, elle ne lui apporte des réponses à donner aux parents d'Ivanna.

Et voilà, c'est dans la boîte ! Enfin, je suis en boîte. Je vais étouffer là-dedans ! Je m'en fous, je suis un fantôme, et personne ne m'empêchera de sortir de là, tant que tout ne sera pas réglé. Quand ce sera le cas, je verrai bien si j'ai envie de pioncer ou pas. En attendant, voyons plutôt où en est, ce beau gosse de Waterwood.

Pendant que les funérailles d'Ivanna Rybak arrivaient à leur fin, Mike Waterwood faisait un point avec l'agent Emily Defente, et sur les documents officiels qu'elle s'était procurés la veille.

- Alors, qu'est-ce que vous nous avez dégotté de beau ! lui demanda-t-il, légèrement impatient.

- Pour le fils ainé, rien de particulier. Né à l'hôpital de Chelsea, en avril 2011.

- Et la fille ?

- Née le 14 septembre 2015, mais…

- Quoi mais ? Allez-y, dites-moi ce que vous avez trouvé.

- Je ne sais pas si j'ai vraiment trouvé quelque chose, mais la petite est née à domicile !

- Ok, ça c'est possible en effet, supposa Waterwood. On a des précisions sur le médecin ou la sage-femme qui a procédé à l'accouchement ?

- Justement, c'est là que ça devient intéressant. J'ai vérifié auprès des hôpitaux pour savoir si Tracy Anderson avait été hospitalisée après son accouchement, et rien ! Sa dernière hospitalisation date de plus d'un an, en octobre 2014.

- Et on sait pourquoi elle a été hospitalisée ?

- Non, je n'ai pas encore contacté le chirurgien qui l'a opéré.

- N'en faites rien, donnez-moi son nom, je me charge d'aller l'interroger dans la journée.

- C'est le Docteur Andrew Brown, à l'hôpital St Thomas.

A ce moment précis, Waterwood commençait à avoir des doutes sur la nature de l'accouchement de Tracy Anderson. Drôle de coïncidence qu'elle ait accouché, et que la jeune fille Ukrainienne qui s'est suicidée, ait-elle aussi eu un enfant à la même période.

La jeune fille avait-elle été retenue contre son gré, avant de réussir à rentrer dans son pays ? Ces questions tournaient en boucle dans l'esprit de l'inspecteur.

Quelques heures plus tard, à l'hôpital St Thomas, il demanda à rencontrer le Docteur Andrew Brown, l'un des chirurgiens de l'établissement.

Il procéda aux présentations d'usage, avant de commencer à lui poser ses questions :

- Avez-vous eu une patiente du nom de Tracy Anderson ?

- Ce nom me dit quelque chose, mais je n'en ai pas de souvenirs précis, c'est à quel sujet ?

- Nous enquêtons sur une affaire, qui pourrait aussi concerner cette patiente.

- Vous savez que je suis tenu au secret professionnel ?

- Bien sûr, je le sais. Je voulais avoir confirmation qu'elle avait bien été hospitalisée dans cet hôpital en octobre 2014.

- Je veux bien regarder, mais je ne pourrais pas…

- Vous ne pourrez pas me parler des raisons de son hospitalisation, je sais !

Le chirurgien invita Waterwood à le suivre dans son bureau, pour vérifier la date d'hospitalisation de Tracy Anderson.

- Elle est restée quatre jours en octobre 2014, en effet, je vous le confirme.

- Et en août ou septembre de cette année ? Elle n'a pas choisi d'accoucher chez vous ? Ça n'est pas vous qui la suiviez pour sa nouvelle grossesse ?

Mike Waterwood était plutôt malin. Il vit le visage du médecin changer d'un coup, comme s'il apprenait la grossesse de sa patiente.

- Bon très bien, je vous remercie Docteur, dit l'inspecteur, comme s'il prenait congé du médecin.

- Attendez inspecteur ! Vous êtes certain que madame Anderson a eu un enfant cette année ?

- C'est ce qu'elle nous a confirmé, et c'est aussi ce que nous dit l'état civil, pourquoi ? Vous semblez dubitatif !

- Je ne peux pas vous révéler le motif de son hospitalisation l'année dernière, mais je peux juste vous dire, que c'est impossible ! Madame Anderson ne pouvait plus avoir d'enfant. Bonne journée inspecteur.

Waterwood jubila légèrement à l'annonce de ce que venait de lui apprendre le Docteur Brown. Il allait devoir faire preuve de finesse, s'il voulait en savoir plus.

Mais comment remettre en cause un certificat de naissance ?

Il décida de se rendre au cabinet du médecin de famille des Anderson, et qui avait rédigé le certificat de naissance de la petite Victoire, qui était arrivée chez elle, et non à la maternité, comme la majorité des nouveaux nés.

Il débarqua donc au cabinet du Docteur Spencer Davis, en espérant obtenir un peu plus d'informations.

Le médecin accepta de le recevoir entre deux consultations. Waterwood n'avait que très peu de questions à lui poser pour avancer dans son enquête, il souhaitait surtout savoir s'il avait assisté à l'accouchement, où s'il avait juste rédigé le certificat de naissance.

Le professionnel de santé fut tout de suite très clair. Madame Anderson avait déjà terminé le travail lorsqu'il est arrivé au domicile ce jour-là. La petite Victoire était née depuis plus d'une heure.

- Depuis combien de temps êtes-vous le médecin de famille des Anderson ?

- Depuis un peu plus d'un an, ils venaient juste d'arriver dans le quartier, si je me souviens bien.

- Et vous aviez déjà vu la maman avant cet accouchement ?

- Je ne l'avais vu qu'une seule fois, avec son petit garçon qui avait une angine, et je vous avoue qu'une femme qui vient d'accoucher est parfois un peu différente que lorsqu'elle vient me voir au cabinet, mais je n'ai pas remarqué de différences, enfin je ne pense pas !

- Donc vous ne pouvez pas certifier que la jeune femme que vous avez examiné le jour de son accouchement, était bien madame Anderson ?

- Vous êtes sérieux inspecteur ? Elle était chez elle, avec son mari ! Pourquoi aurait-ce été quelqu'un d'autre ?

- Avez-vous eu l'occasion de la revoir en consultation avec son bébé depuis ?

- Le fait que vous m'en parliez, me fait m'apercevoir qu'étonnamment, non.

L'entretien terminé, Waterwood restait persuadé que quelque chose se cachait derrière cet accouchement à domicile. Il allait devoir se rendre chez les Anderson, un jour où il était sûr de les trouver chez eux.

Et il pouvait compter sur l'aide de sa partenaire pour l'aider à faire la lumière sur ce mystère. C'est même elle, qui le lendemain allait lui suggérer que la seule solution pour s'assurer que Tracy Anderson soit bien la mère de la petite Victoire, serait de faire un test ADN. C'est donc avec une commission rogatoire, que les deux agents devront se rendre sur place, mais ne garderons cette possibilité qu'en cas de force majeur.

A Kharkiv, personne ne savait où en était l'enquête sur la mystérieuse grossesse d'Ivanna, pas même l'inspecteur Petro Jarkov qui était déjà passé sur une autre enquête, mais qui ne désespérait pas de recevoir de nouvelles informations. En refermant provisoirement le dossier sur la mort d'Ivanna Rybak, il s'aperçut qu'il n'avait pas consulté les relevés de compte de la jeune fille. Les documents n'avaient pas été portés au dossier, alors qu'il était certain de-les avoir demandés. Par acquis de conscience il demanda à l'un de ses agents de faire la recherche, et de lui apporter ces derniers éléments avant de classer l'affaire.

Afin de préparer la visite chez les Anderson, prévue le lendemain, Mike Waterwood et Emily Defente sortirent boire un verre dans un des pubs, tout proche du commissariat.

Mike resta bouche bée lorsqu'il vit Emily sortir du vestiaire, et en la découvrant pour la première fois sans son uniforme. Cette brune flamboyante avait lâché ses longs cheveux, habituellement réunis dans un chignon, et abordait un look décontracté, jean moulant et petit blouson de cuir. L'inspecteur de police n'était pas certain de réussir à rester concentré, en se retrouvant en tête à tête avec sa jolie collègue.

Et la jeune femme d'origine italienne, n'était pas non-plus insensible au charme de son supérieur hiérarchique, qui ne l'était plus vraiment, leur service étant officiellement terminé.

Après quelques pintes de bière, et après avoir fignolé la marche de manœuvre pour l'entrevue du lendemain, ils ressortirent du pub, juste au moment où un violent orage éclatait.

Emily qui était censée prendre le métro pour rejoindre son domicile, se vit proposer de se faire raccompagner par Mike, qui n'envisageait pas de la laisser repartir sous cette pluie battante.

Bien décidé à garder leurs distances pendant le trajet en voiture, un malheureux rapprochement de leurs deux visages vint les surprendre tous les deux. Pensant tout d'abord qu'il se devait de rester professionnel, Mike, un peu gêné, lui sourit, tout en reculant la tête et sans rien tenter de déplacé envers Emily. Il resta immobile, l'air un peu béta, pendant quelques secondes, et comprit vite qu'il n'était pas le seul à décider. C'est Emily qui se rapprocha furtivement de lui, et lui mangeant aussitôt la bouche, comme une jeune lionne affamée.

Oh la veinarde ! On peut dire qu'elle n'a pas froid aux yeux la jolie brune. A sa place j'aurai sans doute fait la même chose. Je vais peut-être m'éclipser un peu. Je n'ai pas vraiment envie de voir ce qu'ils vont faire ces deux-là.

Le lendemain matin, dans l'appartement de l'agent Defente, Mike se réveilla dans la coquette chambre de sa partenaire, qui venait de devenir aussi, sa partenaire de jeux.

Dans un léger soupire, il se dit « Merde, qu'est-ce que j'ai encore fait ! », avant que finalement, il envisage de laisser couler, et qu'il arriverait ce qu'il devait arriver.

Le fait de se réveiller dans le même appartement, pourrait leur permettre d'être dispenser de passer par le commissariat pour s'y retrouver, mais Emily fit rappeler à Mike que son uniforme était dans son vestiaire, et que quoi qu'il en soit, elle n'était pas autorisée à enquêter en civil. Mike décida de partir le premier, et de la retrouver dans une heure au commissariat, avant de partir pour la maison des Anderson.

- J'espère quand même que l'on ne va pas gâcher ce dimanche à rendre visite aux Anderson, alors que nous pourrions le passer bien au chaud sous la couette, dit Emily, avant de partir pour le commissariat.

Il faut dire que le temps à l'extérieur, ne donnait pas très envie de sortir. La pluie n'avait pas cessé depuis la veille, mais le dimanche était la seule journée que les Anderson passaient en famille. Raison de plus pour en profiter.

- On fait comme on a dit ! Tu t'arranges pour rester avec le môme, pendant que j'interroge les parents, dit Waterwood, en arrivant devant le portail de la résidence de la famille.

Chapitre 9 / La révélation

Il était 11h du matin, et le ciel chargé de nuages d'un gris cendré, donnait l'impression que le jour ne s'était pas encore levé. Les lumières des étages de la maison étaient allumées, et la fumée de la cheminée semblait ne faire qu'une avec la brume de cette journée d'automne.

L'interphone retentit dans la maison des Anderson. Tracy était occupée à changer la petite Victoire, et Connor jouait avec Brian sur le tapis du salon. C'est lui qui se chargea de répondre aux agents de police. Il activa l'ouverture du portail pour laisser entrer Mike et Emily, qui ne se souvenaient pas être entrer dans une telle propriété.

Une fois arrivés devant la porte d'entrée de la maison, Connor les invita à pénétrer à l'intérieur, sans s'imaginer ce que les enquêteurs étaient sur le point de leurs révéler.

Connor proposa à Mike et Emily de s'assoir au salon, et Tracy ne tarda pas à les rejoindre, son bébé dans les bras.

- Qu'est-ce qui nous vaut votre visite un dimanche ? demanda calmement Connor.

- Nous allons vous le dire, mais je pense que votre fils est peut-être encore un peu jeune pour entendre ce que nous avons à vous annoncer, poursuivit l'agent Defente. Vous permettez que je l'emmène dans sa chambre ?

- Oui bien-sûr, autorisa Tracy d'une voix inquiète. Est-ce si grave que ça ?

- Salut Brian, je m'appelle Emily, tu veux bien me montrer ta chambre ?

Le petit garçon, très jovial, prit la main d'Emily, et s'empressa de la diriger vers sa chambre. Mike Waterwood attendit que sa partenaire s'éloigne avec le petit garçon, avant de commencer à expliquer au couple, ce pourquoi il était venu.

- Mr et Mme Anderson, je voudrais vous reparler d'Ivanna Rybak.

- Vous l'avez retrouvé, demande Tracy.

- Elle n'a jamais disparue ! En fait, Ivanna Rybak a été retrouvée morte dans sa chambre, en Ukraine, il y a plusieurs jours.

- Comment ça morte, s'exclama Connor, tout en regardant sa femme, qui semblait tout aussi surprise que lui.

- Oui, et la police de Kharkiv nous a transmis différents éléments, qui nous ont amenés à ouvrir une enquête sur la période qu'elle a passé chez vous.

- Je ne comprends pas ! Si elle est morte en Ukraine, qu'est-ce que nous avons à voir avec sa mort ?

- Madame Anderson, Ivanna a eu un enfant, avant de rentrer chez elle en Ukraine. Par-contre, elle est retournée là-bas, seule, sans enfant.

- Je ne vois toujours pas comment nous aurions pu le savoir, puisqu'elle est repartie en mai, poursuivit Connor.

Pendant que Mike continuait l'interrogatoire des parents, Emily se retrouvait avec le petit Brian, et commençait, avec tact, à lui poser quelques questions.

- Dis-moi Brian, tu te souviens d'Ivanna ? Elle lui tendit la photo de la jeune fille, la seule qu'elle ait en possession.

- Oui, elle est partie !

- Et tu sais pourquoi elle est partie ?

- Papa et maman ont dit qu'elle devait retourner voir sa famille.

- Et c'était y'à longtemps ?

- Juste après que ma petite sœur… euh…

- Que ta petite sœur arrive à la maison, c'est-cela ?

- Oui, Iva pleurait beaucoup, et elle ne voulait plus que je touche son petit bidon.

- C'est quoi son petit bidon ?

Brian se colla à Emily, puis apposa sa petite main sur le ventre de l'agent de police.

- C'est ça, le petit bidon. Mais toi t'as pas de petit bidon, comme maman et Iva.

- Tu veux bien me montrer la chambre de ta petite sœur ?

Brian saisit à nouveau la main d'Emily, traversa le couloir et poussa la porte de la chambre où se trouvait le berceau de sa petite sœur.

- Tu veux bien retourner jouer un peu dans ta chambre, je te rejoins dans un instant.

Emily savait très bien que ce qu'elle s'apprêtait à faire, risquait de ne pas plaire à ses supérieurs, mais après avoir entendu les mots du petit garçon, il était clair qu'Ivanna était encore ici, lorsqu'elle était enceinte, et peut-être même jusqu'à son accouchement. Elle sortit un gant en latex et une poche plastique, puis y glissa la tétine du bébé, restée dans son berceau.

Bien joué ma belle. C'est qu'elle est plutôt douée la fliquette. Une tête bien faite dans un corps de rêve. Comme quoi, certains bonhommes peuvent aller se rhabiller. Vas-y, continue, t'es sur la bonne voie Emilie.

Dans le salon, Waterwood continuait de demander des précisons sur les conditions dans lesquelles Tracy Anderson avait donné naissance à sa fille.

- Madame Anderson, j'ai beaucoup de mal à croire qu'une femme puisse accoucher seule, chez elle, sans l'assistance d'un professionnel !

- Mais ça n'est pas complétement le cas. Nous avons aussitôt appelé notre médecin, le Docteur Davis.

- Je sais ! Sauf-que le Docteur Davis est arrivé une fois que votre fille était née. Il n'a fait que reconnaitre votre accouchement et rédiger le certificat de naissance de votre enfant. Il ne vous a jamais assisté dans ce moment délicat.

- C'est vrai ! Nous avons demandé l'aide d'une autre personne, mais ça n'est pas ce que vous croyez, inspecteur, dit Connor, voyant que Waterwood semblait déjà avoir des soupçons sur l'accouchement de sa femme.

- Et c'était qui, cette autre personne ?

- L'un de mes employés au restaurant, Siméon Jabar. C'est un ancien médecin. Je l'ai appelé en catastrophe quand j'ai vu que ma femme s'apprêtait à accoucher.

- Et pourquoi ne pas avoir appeler directement votre médecin, ou le service des urgences ?

- J'ai paniqué. Et Siméon habite en face du restaurant, à quelques minutes d'ici. J'ai agi dans l'urgence, rien d'autre.

- Je vous avoue que tout cela ne me semble pas très habituel, Monsieur Anderson. Je vais devoir interroger ce monsieur ! Vous pouvez me donner son adresse ?

- Oui, bien-sûr, il vous confirmera ce que je viens de vous dire.

- Très bien, dans ce cas, l'agent Defente va rester avec vous, le temps que je me rende à son domicile.

Waterwood laissa donc sa partenaire en charge de surveiller le couple Anderson, pendant qu'il partait interroger Siméon Jabar, et s'assurer qu'ils ne le préviennent pas avant qu'il n'arrive chez lui.

Quand l'inspecteur débarqua à l'improviste chez l'ancien médecin du Rwanda, l'homme pensa immédiatement qu'il allait avoir des ennuis. Mais il pensa d'abord que c'était un inspecteur de l'immigration qui se présentait à lui. L'homme était pourtant en situation régulière dans le pays, et possédait bien un titre de séjour ainsi qu'un permis de travail, aucune raison qu'il soit inquiet.

Waterwood commença immédiatement à lui faire part de l'objet de sa visite, et lui relata la situation, ainsi que la déclaration du couple Anderson.

- Oui, Connor m'a bien appelé ce soir-là. Il m'a dit au téléphone que sa femme était sur le point d'accoucher, que les urgences mettraient trop de temps à arriver, et qu'il avait besoin de moi tout de suite. Je n'ai pas réfléchi un seul instant, j'ai enfilé mon blouson, et je suis parti chez les Anderson !

- Vous connaissiez l'épouse de Connor ?

- Oui évidemment ! Elle passe souvent au restaurant pour déjeuner, un peu moins maintenant, mais oui je la connais un peu.

L'homme semblait pourtant anxieux de devoir répondre à l'inspecteur de police. Il paraissait un peu nerveux, ne parvenant pas à tenir ses mains en place, et cela n'échappa pas à Mike Waterwood.

- Mr Jabar, qui avez-vous aidé à accoucher ce soir-là ?

- Euh… Madame Anderson, pourquoi ?

- Madame Anderson ne pouvait plus avoir d'enfant ! Ça n'est donc pas elle que vous avez aidé ce soir-là. Obstruction à la justice, vous savez ce que cela signifie pour vous ?

- Je vais avoir des problèmes ? Je vous assure que j'ai fait ce que Connor me demandait.

Le reste des révélations de Siméon confirma que Mike avait eu raison de suivre son instinct. Il demanda à l'homme de rester à sa disposition, et reprit le chemin de la résidence des Anderson. Il ne savait pas encore de quelle façon il allait amener le couple qui lui mentait ouvertement depuis le début de son enquête, à lui raconter ce qui s'était exactement passé lors du séjour de la môme ukrainienne, chez eux. Il choisit d'être cash, ayant tous les éléments en sa possession pour que le couple cesse de le mener en bateau. Sur le trajet, il reçut un message de la police centrale qui lui transmettait une info reçue la veille, provenant de l'inspecteur Jarkov du commissariat de Kharkiv.

Quelques minutes plus tard, il était de retour face au couple, et commença par consulter l'agent Defente pour lui faire part des déclarations de Siméon Jabar.

Emily, à la demande de Mike Waterwood, se mit à fouiller la maison sous le regard crispé de Connor et Tracy.

- Qu'est-ce que vous faites ? s'exclama Connor.

- Voici déjà l'autorisation de perquisition, répondit aussitôt Mike. Et maintenant vous allez vous assoir. Je suis sur le point de vous mettre en garde à vue pour séquestration et abus de pouvoir sur la personne d'Ivanna Rybak.

- C'est n'importe quoi, soupira Tracy, persuadée que le policier bluffait.

- Ça suffit ! Je vous laisse une dernière chance de tout me dire, avant que je ne fasse appel aux services sociaux, et que je ne fasse placer vos deux enfants, et pendant que vous viendrez faire un tour du côté de nos chambres particulières, au commissariat !

Le couple se regarda, et Connor ouvrit une porte à Mike, qui rebondit fissa :

- Que voulez-vous savoir ?

- La vérité, simplement la vérité ! Avez-vous séquestré Ivanna Rybak ?

- Non jamais, nous avons juste fait un arrangement avec elle.

- Faire de son enfant, votre enfant, c'est ce que vous appelez un arrangement ? Je vous donne les éléments que j'ai à charge, et qui risquent fort de prouver qu'il ne s'agissait en rien d'un arrangement !

- La police de Kharkiv a retrouvé 60 000£ dans la chambre d'Ivanna. Nous savons qu'elle a eu un enfant quelques semaines avant de rentrer chez elle, et Siméon Jabar vient de m'avouer que ça n'était pas vous qu'il avait aidé à accoucher. J'ai également reçu une information de la police de Kharkiv, qui me précise qu'Ivanna Rybak disposait de plus de 30 000€ sur son compte bancaire, somme qui correspond au virement mensuel de 2600£, qu'elle a reçu entre février et octobre de cette année. Je continue ?

- Encore une fois, ça n'est pas du tout ce que vous pensez ! Je peux vous montrer quelque chose inspecteur, proposa Connor.

Mike se demanda, quelle pirouette allait encore tenter Connor Anderson.

Hep-hep hep ! Tu ne vas tout de même pas te laisser endormir par cet affabulateur ! Ne lâche rien beau gosse. Continue de le cuisiner.

- Allez-y, qu'avez-vous à me montrer ?

Connor se dirigea vers le bureau, ouvrit l'un des tiroirs, et en ressortit une pochette de documents.

- Tenez, regardez, tout est légal.

Mike prit aussitôt connaissance du document, puis marqua un temps d'arrêt.

- Pourquoi, ne pas nous avoir parlé de ce contrat, plus tôt ?

- Parce que nous avions promis à Ivanna de n'en parler à personne, et que c'est elle qui nous avait soumis l'idée, l'année dernière, quelques semaines après ma sortie d'hôpital. Je venais de faire une fausse-couche, et j'avais également subi une ablation des ovaires.

- Et pourquoi autant de secret ? Pourquoi toute cette mascarade ?

Mike fut interrompu par Emily, qui revenait avec deux éléments trouvés dans l'armoire de la chambre parentale.

- Inspecteur ! Regardez ce que je viens de trouver !

Mike fut de nouveau saisi d'un doute, lorsque son agent lui tendit un faux ventre de grossesse, et une perruque blonde.

- Et qu'avez-vous à dire de ça ? demanda Mike, en dévoilant ce qu'Emily venait de découvrir. Si cela n'est pas une mascarade, c'est quoi ?

Les époux Anderson restèrent muets. Pourquoi Tracy avait-elle fait croire à tout son entourage qu'elle était enceinte, si la naissance de la petite Victoire était en fait le fruit d'une Gestation pour autrui, validée par un contrat ?

Mike et Emilie repartirent en laissant croire à Connor et Tracy qu'ils allaient apporter la preuve indéniable, que cette enquête n'avait pas lieu d'être. Mais le duo de policiers ne comptait pas en rester là, et comptait bien vérifier l'authenticité des documents, et que tout avait bien été fait dans les règles.

Ils sont malins ces deux-là ! Quel duo de choc. Je sens bien qu'avec eux, ces deux enfoirés de Tracy et Connor, risquent fort de se mordre très bientôt les doigts.

Dans les jours qui suivirent, Mike et Emilie se rapprochèrent de l'avocate spécialisée, ainsi que de l'administration, afin de valider les dires de Connor et Tracy.

De leur côté, Connor et Tracy pensaient évidemment que l'enquête étaient terminée, et que leur quotidien allait enfin pouvoir reprendre son cours, sans que plus rien ne vienne perturber leur petite vie de famille.

Alors qu'ils étaient occupés, chacun sur son lieu de travail, l'un dans la cuisine de son restaurant, et l'autre dans son bureau de « Fashion Life », ils virent débarquer les policiers, qui cette fois, venaient les embarquer et les placer en garde à vue.

Tout aurait pu s'arrêter là, si l'avocate chargée du contrat de gestation pour autrui, n'avait confirmé aux inspecteurs que le couple n'avait jamais donner suite à ce contrat, et qu'aucune procédure légale d'adoption ou d'ordonnance parentale n'avait été signée par Ivanna Rybak.

Connor Anderson, était également accusé de viol, de fausse déclaration, et de séquestration. Tracy, accusée de séquestration, fausse déclaration, esclavage et dissimulation de grossesse.

Les conclusions de l'enquête de l'inspecteur Waterwood étaient sans appel. Ivanna Rybak, n'ayant jamais fait l'objet d'un traitement médical, afin de bénéficier d'une insémination artificielle, il était clair que la naissance de sa fille était due, soit à un viol, soit à un rapport consenti en contrepartie d'une rémunération.

Tracy avoua enfin que la jeune ukrainienne avait fait ce deal avec elle, pour venir en aide à ses parents, ainsi que pour l'avenir de ses frère et sœurs.

Ivanna pensait sans doute pouvoir surmonter cette grossesse non désirée, et passer à autre chose en rentrant chez elle après l'accouchement. Il semble qu'elle ait pris conscience dès le début de sa grossesse, que Connor avait abusé d'elle en la droguant, et compris aussi, que Tracy savait forcément ce qui allait se passer en s'absentant quelques jours avec Brian, pour se rendre chez ses parents. L'abandon de l'enfant qu'elle avait porté pendant neuf mois aura laissé chez la jeune femme une emprunte de culpabilité, qu'elle n'était pas parvenue à surmonter.

Tracy et Connor, qui avaient misé sur la ressemblance physique entre la mère de famille et Ivanna, pensaient qu'en faisant appel à Siméon Jabar lors de l'accouchement, celui-ci ne s'apercevrait de rien.

Siméon Jabar, qui précisera le jour de son audition au commissariat, et qui le confirmera dans sa déposition, que la jeune fille lui avait saisi le bras, et lui avait adressé un regard de détresse, ce qui lui avait fait douter que la femme qu'il était en train d'accoucher, était bien Tracy Anderson. Il affirmera également, que son patron, était un homme bien, et qu'il était désolé de ne pas pouvoir mentir pour le couvrir. Il terminera son entrevue avec la police, en lui remettant une enveloppe, contenant 10 000£, somme que Connor lui avait remise quelques jours après l'accouchement, et à laquelle il n'avait jamais pu toucher.

Pauvre vieux. Toi aussi tu t'es fait avoir comme un bleu par ces deux manipulateurs. Normal ! T'es trop honnête et trop gentil. En tout cas, merci d'avoir dit la vérité. Quand t'auras un moment, on se boit un verre ? Je rigole ! T'as le temps encore. J'attendrais le temps qu'il faudra pour te remercier, t'inquiète.

L'ordonnance parentale, ni l'adoption n'ayant jamais été finalisées, Victoire restait aux yeux de la loi, l'enfant naturelle et légitime d'Ivanna Rybak. Tracy et Connor furent définitivement défaits de leurs droits parentaux sur l'enfant, qui fut aussitôt confié aux services sociaux, dans l'attente d'être remis à un ascendant ou descendant légal, ou confié à une famille d'accueil.

Les époux Anderson furent laissés en liberté provisoire, dans l'attente de leur procès.

Décembre 2015, à Kharkiv.

Yuriy se réveilla à nouveau en sursaut, poursuivit et hanté par ses cauchemars, et la vison D'Ivanna et son bébé. C'est comme si son amie continuait de l'appeler au secours, sans qu'il ne sache quoi faire.

Le lendemain matin, il surfait sur internet et tentait de chercher des informations sur l'enquête anglaise que poursuit Scotland Yard suite-au séjour d'Ivanna en Grande Bretagne. C'est la une du « Daily Mirror », qui stoppa net son attention. Le gros titre du jour parlait de l'inculpation d'un couple suspecté de séquestration et abus de pouvoir sur une jeune ukrainienne. A la lecture de l'article, même si le nom d'Ivanna n'était pas cité, il comprit qu'il s'agissait de la famille d'accueil de son amie. Il y était également question d'un enfant illégitime, placé par les services sociaux. Yuriy sauta dans ses fringues, complétement affolé, pour se rendre au commissariat et vérifier si l'inspecteur Jarkov, avait lui aussi pris connaissance de cet article, et s'il s'agissait bien de l'histoire d'Ivanna, racontée dans le quotidien anglais.

C'est un jeune homme survolté que vit arrivé Petro Jarkov, au comptoir d'accueil du commissariat.

- J'aimerai voir l'inspecteur Jarkov, demanda Yuriy, le souffle coupé après avoir couru d'une traite depuis son domicile.

- Je suis là ! Qu'est-ce qui vous arrive encore, annonça l'inspecteur d'un air légèrement agacé.

- Vous avez vu l'article du « Daily Mirror » ?

- J'espère que vous n'en avez pas informé les parents d'Ivanna !

- Non pourquoi ? C'est son bébé n'est-ce pas ?

- Entrez dans mon bureau ! Aller, entrez !!

- Vous allez faire quelque chose inspecteur ?

- Je comprends que vous soyez perturbé par ce que vous avez découvert dans la presse, mais je dois me rendre chez les parents d'Ivanna, ce matin.

- Vous ne m'avez pas répondu ! C'est le bébé d'Iva ou pas ?

- Oui ! C'est son enfant. Si je vous propose de m'accompagner, vous me promettez de rester à votre place, et de ne pas intervenir dans ce que je vais annoncer à ses parents ?

- J'vous le jure ! Je veux juste être là pour eux, ainsi que pour son frère et ses deux petites sœurs.

- Ok, je vous fais confiance, mais si vous ne respectez pas notre accord, je vous vire à coups de pieds dans l'cul, c'est clair ?

- Euh, je crois que c'est clair, oui.

Yuriy, tout excité d'assister à la résolution de l'affaire, s'apprêta à envoyer un message à Klara.

- Qu'est-ce que vous faites là ? lui demanda Jarkov.

- J'envoie juste un message à Klara pour lui dire…

- Vous n'avez pas compris, Vous n'allez prévenir personne ! Les premiers qui doivent être informés de la résolution de l'enquête, ce sont les parents d'Ivanna. Rangez-moi ce portable avant que je ne change d'avis !

Yuriy s'exécuta aussitôt, sentant que Jarkov était loin de rigoler.

En arrivant chez les Rybak, Oxana était déjà sur le pas de la porte, ayant reconnu la voiture du policier depuis la fenêtre de sa cuisine.

- Inspecteur ! Yuriy ! Si vous venez m'annoncer un nouveau malheur, vous pouvez faire demi-tour !

- Bonjour Madame Rybak. Aucun malheur aujourd'hui, rassurez-vous. Nous pouvons entrer ?

- Oui entrez, allons prendre un café dans la cuisine.

Bohdan, qui ne travaillait plus, était là aussi, partagé entre impatience et inquiétude de savoir ce que l'inspecteur était venu leurs annoncer. L'angoisse générale était palpable, les parents d'Ivanna ne s'étaient toujours pas remis de la disparition de leur fille. Une fois le café servi, ils se retrouvèrent tous les quatre autour de la table à se regarder, jusqu'à ce que l'inspecteur ne commence à parler :

- Je sais que la disparition de votre fille a été une épreuve difficile, et ce que je m'apprête à vous révéler ne doit pas vous plonger davantage dans le chagrin. Je tiens à vous dire que vous n'êtes pas fautifs, de ce qui lui est arrivé. La famille d'accueil chez qui elle est restée pendant un an, a joué de sa détresse, et de votre situation, pour l'utiliser. Il s'agit d'un couple qui ne pouvait plus avoir d'enfant, et qui a conclu un pacte avec Ivanna, et il semble qu'elle l'avait accepté.

- De quoi parlez-vous inspecteur, lui demanda Oxana, pétrifiée de peur.

- Au cours de son séjour en Angleterre, Ivanna a eu une petite fille.

- Alors c'était vrai ! Elle était vraiment enceinte ?

- Oui, mais tout cela a finalement fini par la dépasser, et rien de ce qui avait été prévu en accord avec le couple, ne s'est en fait déroulé comme c'était prévu.

- Je ne comprends rien, s'agaça Bohdan. Allez droit au but inspecteur, s'il vous plait.

- Vous avez une petite fille, et elle attend aujourd'hui que vous décidiez pour elle, de son avenir.

Jarkov continua d'expliquer aux parents d'Ivanna, toute l'histoire, jusqu'à l'arrestation du couple britannique, pour terminer par les informer de leurs droits sur leur petite fille.

- Vous allez devoir prendre une décision importante. Un avocat nommé par la justice londonienne va prendre contact avec vous, afin que l'avenir de Victoire soit définitivement scellé.

- Mais comment voulez-vous que l'on élève notre petite fille ? Nous n'avons rien à lui offrir, s'effondra Oxana, avant que Yuriy n'intervienne.

- Je serai là moi ! Et je suis certain que vous pourrez aussi compter sur Klara.

Jarkov qui avait demandé à Yuriy de ne pas intervenir, souffla sans pour autant en vouloir au jeune homme de s'être manifesté, à ce moment précis.

- J'ai un autre élément qui pourra peut-être peser dans la balance, avant que vous ne preniez votre décision. Les 60 000£ retrouvées dans la chambre d'Ivanna, ainsi que l'argent qu'elle avait sur son compte en banque, vous seront restitués. La justice a estimé que même si le contrat qu'avait signé Ivanna, avec le couple Anderson n'avait pas été validé, cet argent revenait à sa fille, donc à vous, pour que vous puissiez l'utiliser pour son éducation.

- Combien de temps avons-nous pour nous décider ?

- Le plus vite sera le mieux ! Si vous décidiez d'exercer vos droits d'ascendants pour obtenir la garde de votre petite-fille, la procédure prendrait tout de même quelques mois. Plus vite vous-vous déciderez, plus vite la justice britannique pourra mettre en place le lancement de la procédure pour son placement.

C'est avec le choix du destin de leur petite fille, que l'inspecteur laissa Bohdan et Oxana, en compagnie de Yuriy, qui souhaitait rester à leurs côtés pour les soutenir.

Six mois plus tard.

Dans l'église St Georges, c'est un évènement particulier qui devait débuter dans quelques instants. Bohdan, Oxana Rybak et leurs trois enfants étaient réunis à côté du prêtre qui s'avançait vers la fontaine baptismale. C'est dans les bras de Klara, sa future marraine, que la petite Victoire, renommée « Victoria », s'apprêtait à recevoir le baptême.

Le moment était très émouvant pour toute la famille, Klara, et aussi pour Yuriy qui s'engageait à veiller sur cette petite fille, en devenant son parrain. Victoire était maintenant en sécurité, et allait pouvoir grandir entourée de l'amour de ses grands-parents, ainsi que de son oncle et de ses deux jeunes tantes.

Le portrait d'Ivanna avait été installé sur l'autel de l'église.

Quand la cérémonie s'acheva, toute la famille, Yuriy et Klara se dirigèrent vers la tombe d'Ivanna, afin de lui rendre hommage.

Yuriy, dont le chagrin ne cessera sans doute jamais, et qui ne se remettra pas de l'absence de son amie, avait cessé de faire ses cauchemars depuis que les parents d'Ivanna avaient décidé d'accepter la garde de leur petite fille.

Yuriy s'avança et s'agenouilla devant la tombe de son amie, et lui confirma qu'il avait bien reçu son message : « Tu peux reposer en paix, Iva. Je prendrai soin de ta fille jusqu'à mon dernier souffle. »

Et voilà ! Voici comment le rêve d'une vie se transforme en cauchemar. Enfin, tout fini bien quand même. Mon « petit moi » va pouvoir grandir dans de bonnes conditions, entourés de tous ceux que j'aimais tant. Je crois que c'est le moment pour moi de retourner dormir dans ma boîte.

Fin